KONSTANTINOS

KAVÁFIS

60 POEMAS

Ateliê Editorial
Trinta Anos

KONSTANTINOS KAVÁFIS
60 POEMAS

Trajano Vieira

Seleção e Tradução

Æ
Ateliê Editorial

1ª ed. – 2007
2ª ed. – 2018
3ª ed. – 2025

Dados Internacionais de Catalogação na Publicação (CIP)
(Câmara Brasileira do Livro, SP, Brasil)

Kaváfis, Konstantinos, 1863-1933.
Konstantinos Kaváfis: 60 poemas / Konstantinos Kaváfis; seleção e tradução Trajano Vieira. – 3. ed. – Cotia: Ateliê Editorial, 2025.

Ed. bilíngue: grego/português.
ISBN 978-65-5580-175-0

1. Poesia grega I. Vieira, Trajano II. Título.

25-277946 CDD 889.1

Índices para catálogo sistemático:
1. Poesia: Literatura grega 889.1

Eliete Marques da Silva – Bibliotecária – CRB-8/9380

ATELIÊ EDITORIAL
Estrada da Aldeia de Carapicuíba, 897
06709-300 – Cotia – SP – Brasil
www.atelie.com.br | contato@atelie.com.br
blog.atelie.com.br | facebook.com/atelieeditorial
instagram.com/atelie_editorial

Printed in Brazil 2025
Foi feito depósito legal

SUMÁRIO

KAVÁFIS E A IRREALIZAÇÃO

A poesia de Kaváfis pode ser considerada, num certo sentido, fantasmagórica. Isso não decorre propriamente da presença de traços deformantes do universo onírico, mas do exotismo de seus personagens. É neles que fixamos inicialmente nossa atenção, na manifestação de seu comportamento incomum ou, para usar um termo recorrente entre os comentadores, no "refinamento" de suas ações. Há algo de teatral nos poemas do autor alexandrino, ambientados em cenários que evocam o classicismo tardio. São figuras muitas vezes secundárias esquecidas à margem do passado remoto, que retornam da penumbra para reivindicar uma certa posição histórica. Normalmente elas fracassam em seus projetos e acabam reimergindo no esquecimento. A impossibilidade de afirmação resulta às vezes no tom melancólico, mas sobretudo na constatação irônica do valor irrisório do que se perdeu: um jovem perfumista morto antes de realizar o sonho acalentado, um escultor experiente incapaz de representar um determinado efeito, um rapaz ambicioso e desastrado na efígie da moeda, um efebo astucioso que desdenha a derrota na corrida de carruagens. Mas talvez a imagem do naufrágio não seja a que melhor caracterize a condição dos personagens de Kaváfis. O que os particulariza é a indiferença que esboçam quando não alcançam seus objetivos. O desdém, mesmo diante da morte, é frequentemente associado a um traço de aristocratismo decadente e fascinante.

Essas figuras são muitas vezes calcadas em personagens históricos, mas, como os leitores de Dante ou Proust sabem, a fruição desse tipo de texto prescinde da identidade documental. Considerei mais importante, na presente coletânea, valorizar a dimensão estética da linguagem de Kaváfis, aspecto ausente da maioria das versões do poeta para o português. Seu coloquialismo faz lembrar a dicção de Carlos Drummond de Andrade, como registrou Haroldo de Campos na nota que acompanha sua tradução de "À Espera dos Bárbaros"[1]. Por outro lado, sua linguagem utiliza ironicamente o registro elevado, em que se destaca a erudição vocabular. Eis uma equação complexa para o tradutor. Creio ser necessário criar uma retórica eloquente e um fraseado sinuoso, fazer conviver calculadamente palavras raras e formas diretas de tratamento para dar conta do que o original nos diz (a logopeia prevalece na obra de Kaváfis, outro ponto salientado por Haroldo de Campos). Se não se arrisca nessa direção, corre-se o perigo de configurar um universo frouxo e prolixo, perpassado de afetação pseudoelegante.

Cinismo, acrasia, sensualismo, enfado, melancolia são alguns dos termos que poderiam definir o comportamento dos personagens que, ressurgindo da história obscura, desaparecem sem realizar o que lhes trouxe à cena. É uma certa qualidade anímica, e não propria-

1. Em *Remate de Males* 4, Campinas, 1984, pp. 120-123.

mente a ação invulgar, que magnetiza o leitor. É como se finalmente descobríssemos o enigma que as estátuas antigas enfileiradas nas galerias dos museus romanos pareciam ocultar. A expressão patética de desejos inconfessáveis estampada naqueles bustos reanima-se em flashes narrativos que ajudam a revelar seus segredos.

Seria contudo impreciso definir o universo de Kaváfis como neoclássico. O mais importante nele não é a busca do ideal figurativo. Se valoriza a perfeição plástica de um personagem é para, logo a seguir, submetê-la a um processo de corrosão e decadência. Acrescente-se, por fim, que a atmosfera instável dos poemas é tributária do intenso cruzamento cultural da tradição greco-latina e hebraico-cristã, de que talvez o poema "Dos Hebreus (50 d.C.)" seja o melhor exemplo:

Pintor e poeta, corredor e discóbolo,
esbelto como Endímion, Iantes, filho de Antônio.
Sua família encarecia a sinagoga.

"Meus dias prediletos são os que passo
despreocupado de estética,
quando renego o belo e estéril helenismo,
com sua fixação obsessiva
pela alvura de membros perfeitos e vulneráveis,
e viro quem pudesse
perdurar: filho dos hebreus, dos sacros."

Deveras pungente sua frase: "Pudesse
perdurar: filho dos hebreus, dos sacros".

Não prosseguiu a ser quem quisera.
O Hedonismo e a Arte alexandrina
retinham-no como a um filho solícito.

Esse pano de fundo multicultural, caracterizado pelo repertório heterogêneo, responsável pela aporia e pelo desnorteamento, é outra marca que confere atualidade à poesia desse autor nascido no Egito (Alexandria), filho de pais gregos oriundos de Istambul...

TV

KONSTANTINOS

KAVÁFIS

60 POEMAS

ΔΕΗΣΙΣ [1898]

Ἡ θάλασσα στά βάθη της πῆρ᾽ ἕναν ναύτη.—
Ἡ μάνα του, ἀνήξερη, πηαίνει κι ἀνάφτει

στήν Παναγία μπροστά ἕνα ὑψηλό κερί
γιά νά ἐπιστρέψει γρήγορα καί νἆν᾽ καλοί καιροί —

καί ὅλο πρός τόν ἄνεμο στήνει τ᾽ αὐτί.
᾽Αλλά ἐνῶ προσεύχεται καί δέεται αὐτή,

ἡ εἰκών ἀκούει, σοβαρή καί λυπημένη,
ξεύροντας πώς δέν θἆλθει πιά ὁ υἱός πού περιμένει.

SÚPLICA

O mar reteve nos baixios um nauta.
Sua mãe sem o saber a vela alta

acende junto à Virgem. Seu retorno
requer, lhe pede um tempo sem transtorno.

O vento a obceca, nele se demora,
mas no momento em que suplica e ora,

o ícone, sério e solidário a escuta,
sabendo sem sentido sua labuta.

ΤΟ ΠΡΩΤΟ ΣΚΑΛΙ [1899]

Εἰς τόν Θεόκριτο παραπονιοῦνταν
μιά μέρα ὁ νέος ποιητής Εὐμένης·
«Τώρα δυό χρόνια πέρασαν πού γράφω
κ' ἕνα εἰδύλλιο ἔκαμα μονάχα.
Τό μόνον ἄρτιόν μου ἔργον εἶναι.
'Αλλοίμονον, εἶν' ὑψηλή τό βλέπω,
πολύ ὑψηλή τῆς Ποιήσεως ἡ σκάλα·
κι ἀπ' τό σκαλί τό πρῶτο ἐδῶ πού εἶμαι
ποτέ δέν θ' ἀνεβῶ ὁ δυστυχισμένος.»
Εἶπ' ὁ Θεόκριτος· «Αὐτά τά λόγια
ἀνάρμοστα καί βλασφημίες εἶναι.
Κι ἄν εἶσαι στό σκαλί τό πρῶτο, πρέπει
νἆσαι ὑπερήφανος κ' εὐτυχισμένος.
'Εδῶ πού ἔφθασες, λίγο δέν εἶναι·
τόσο πού ἔκαμες, μεγάλη δόξα.
Κι αὐτό ἀκόμη τό σκαλί τό πρῶτο
πολύ ἀπό τόν κοινό τόν κόσμο ἀπέχει.
Εἰς τό σκαλί γιά νά πατήσεις τοῦτο
πρέπει μέ τό δικαίωμά σου νἆσαι
πολίτης εἰς τῶν ἰδεῶν τήν πόλι.
Καί δύσκολο στήν πόλι ἐκείνην εἶναι
καί σπάνιο νά σέ πολιτογραφήσουν.
Στήν ἀγορά της βρίσκεις Νομοθέτας
πού δέν γελᾶ κανένας τυχοδιώκτης.
'Εδῶ πού ἔφθασες, λίγο δέν εἶναι·
τόσο πού ἔκαμες, μεγάλη δόξα.»

O PRIMEIRO DEGRAU

Lamúrias de Êumenes, um neopoeta,
a Teócrito: "escrevo há dois anos
e o resultado é pífio: um solitário
idílio. Ai de mim! Eu fiquei nisso!
A escala da Poesia é alta, altíssima,
galgá-la – vejo – é sobredifícil.
Empaquei no degrau do início, e nunca
subirei outro. É um fel a minha sina!"
Teócrito lhe disse: "logorreia
sem sentido! Não passas de um blasfemo!
O primeiro degrau, se aí te encontras,
merece teu orgulho. Rejubila-te!
O posto a que chegaste tem valor,
teu feito glorifica. O degrau
das primícias, incluindo ele, dista
do que o mais das gentes pisa. Só
se posiciona ali quem por seu mérito
reside na urbe das ideias. Raro
é concederem a cidadania
nessa cidade. Seus Legisladores,
dos cimos da ágora, detectam fácil
o autor do embuste. Aventureiro algum
os enganou, nem haverá que engane.
O primeiro degrau, se aí te encontras,
merece teu orgulho. Rejubila-te!"

ΤΑ ΠΑΡΑΘΗΡΑ [1903]

Σ' αὐτές τές σκοτεινές κάμαρες, πού περνῶ
μέρες βαρυές, ἐπάνω κάτω τριγυρνῶ
γιά νἄβρω τά παράθυρα.— Ὅταν ἀνοίξει
ἕνα παράθυρο θἆναι παρηγορία.—
Μά τά παράθυρα δέν βρίσκονται, ἤ δέν μπορῶ
νά τἄβρω. Καί καλλίτερα ἴσως νά μήν τά βρῶ.
Ἴσως τό φῶς θἆναι μιά νέα τυραννία.
Ποιός ξέρει τί καινούρια πράγματα θά δείξει.

AS JANELAS

No escuro do habitáculo eu passo
a depressão dos dias e meus passos
buscam janelas. Quando abrir-se uma
delas, peço ao fulgor que me consuma.
Mas janela não há, ou não consigo
vê-la. Que fique ausente, a sós, consigo!
Talvez a luz tão só renove a dor.
Quem sabe a nova que ela irá me impor?

ΑΠΙΣΤΙΑ [1904]

Σάν πάντρευαν τήν Θέτιδα μέ τόν Πηλέα
σηκώθηκε ὁ Ἀπόλλων στό λαμπρό τραπέζι
τοῦ γάμου, καί μακάρισε τούς νεονύμφους
γιά τόν βλαστό πού θἄβγαινε ἀπ' τήν ἕνωσί των.
Εἶπε· Ποτέ αὐτόν ἀρρώστια δέν θἀγγίξει
καί θἄχει μακρυνή ζωή.— Αὐτά σάν εἶπε,
ἡ Θέτις χάρηκε πολύ, γιατί τά λόγια
τοῦ Ἀπόλλωνος πού γνώριζε ἀπό προφητεῖες
τήν φάνηκαν ἐγγύησις γιά τό παιδί της.
Κι ὅταν μεγάλωνεν ὁ Ἀχιλλεύς, καί ἦταν
τῆς Θεσσαλίας ἔπαινος ἡ ἐμορφιά του,
ἡ Θέτις τοῦ θεοῦ τά λόγια ἐνθυμοῦνταν.
Ἀλλά μιά μέρα ἦλθαν γέροι μέ εἰδήσεις,
κ' εἶπαν τόν σκοτωμό τοῦ Ἀχιλλέως στήν Τροία.
Κ' ἡ Θέτις ξέσχιζε τά πορφυρά της ροῦχα,
κ' ἔβγαζεν ἀπό πάνω της καί ξεπετοῦσε
στό χῶμα τά βραχιόλια καί τά δαχτυλίδια.
Καί μές στόν ὀδυρμό της τά παληά θυμήθη·
καί ρώτησε τί ἔκαμνε ὁ σοφός Ἀπόλλων,
ποῦ γύριζεν ὁ ποιητής πού στά τραπέζια
ἔξοχα ὁμιλεῖ, ποῦ γύριζε ὁ προφήτης
ὅταν τόν υἱό της σκότωναν στά πρῶτα νειάτα.
Κ' οἱ γέροι τήν ἀπήντησαν πώς ὁ Ἀπόλλων
αὐτός ὁ ἴδιος ἐκατέβηκε στήν Τροία,
καί μέ τούς Τρῶας σκότωσε τόν Ἀχιλλέα.

DESLEALDADE

No casamento de Peleu e Tétis,
Apolo ergueu-se no festim sublime
para felicitar os neoconsortes
pelo filho que a união traria:
"Não haverá doença que o afete,
sua vida será longa." À previsão,
Tétis sorriu. Sabia que as palavras
de Apolo se cumpriam, eram proféticas,
davam aval à sina de seu filho.
E Aquiles vicejava na Tessália,
que sua beleza tanto enobrecia;
não olvidava Tétis o que ouvira.
Mas, um dia, gerontes noticiam
que o pés-velozes falecera em Troia.
E Tétis rasga a indumentária púrpura,
a desvestia brusca; anéis, pulseiras
arroja ao chão. Rememorava, imersa
em pranto, a previsão de outrora. "O que
pretende Apolo, o sábio?" – a si indaga.
"O poeta onde andava, que em festins
embasbacava com a fala? O áugure
onde ia, quando morre um ser tão jovem?"
E os gerontes disseram que o Flecheiro
ele próprio descera em Troia e sócio
dos troianos aniquilara Aquiles.

ΕΠΙΘΥΜΙΕΣ [1904]

Σάν σώματα ὡραῖα νεκρῶν πού δέν ἐγέρασαν
καί τἄκλεισαν, μέ δάκρυα, σέ μαυσωλεῖο λαμπρό,
μέ ρόδα στό κεφάλι καί στά πόδια γιασεμιά —
ἔτσ' ἡ ἐπιθυμίες μοιάζουν πού ἐπέρασαν
χωρίς νά ἐκπληρωθοῦν· χωρίς ν' ἀξιωθεῖ καμιά
τῆς ἡδονῆς μιά νύχτα, ἤ ἕνα πρωΐ της φεγγερό.

DESEJOS

Feito os corpos que morrem juvenis e belos,
chorados à clausura de um mausoléu magno,
com pétalas à testa, com jasmim nos pés,
assim transcorrem os desejos que abortam,
alheios à volúpia de uma noite única,
ao rútilo clarão do seu amanhecer.

Ο ΒΑΣΙΛΕΥΣ ΔΗΜΗΤΡΙΟΣ [1906]

Σάν τόν παραίτησαν οἱ Μακεδόνες
κι ἀπέδειξαν πώς προτιμοῦν τόν Πύρρο
ὁ βασιλεύς Δημήτριος (μεγάλην
εἶχε ψυχή) καθόλου — ἔτσι εἶπαν —
δέν φέρθηκε σάν βασιλεύς. Ἐπῆγε
κ' ἔβγαλε τά χρυσά φορέματά του,
καί τά ποδήματά του πέταξε
τά ὁλοπόρφυρα. Μέ ροῦχ' ἁπλά
ντύθηκε γρήγορα καί ξέφυγε.
Κάμνοντας ὅμοια σάν ἠθοποιός
πού ὅταν ἡ παράστασις τελειώσει,
ἀλλάζει φορεσιά κι ἀπέρχεται.

DEMÉTRIO, BASILEU

Frente ao desprestígio macedônio,
preterido em favor de Pirro,
Demétrio, o basileu (era magna
sua ânima), evita o comportamento
(assim o dizem) basileu.Tão logo
desveste o paramento ouro,
refuga a púrpura dos calçados,
escapole na roupagem depauperada,
agílimo, feito ator que, no desfechar
da cena, substitui a vestimenta e some.

ΜΟΝΟΤΟΝΙΑ [1908]

Τήν μιά μονότονην ἡμέραν ἄλλη
μονότονη, ἀπαράλλακτη ἀκολουθεῖ. Θά γίνουν
τά ἴδια πράγματα, θά ξαναγίνουν πάλι —
ἡ ὅμοιες στιγμές μᾶς βρίσκουνε καί μᾶς ἀφίνουν.

Μῆνας περνᾶ καί φέρνει ἄλλον μῆνα.
Αὐτά πού ἔρχονται κανείς εὔκολα τά εἰκάζει·
εἶναι τά χθεσινά τά βαρετά ἐκεῖνα.
Καί καταντᾶ τό αὔριο πιά σάν αὔριο νά μή μοιάζει.

TEDIÁRIO

O enfado jornalário emula o enfado
jornalário. A idiotia reincide
no episódico, idiotia rediviva –
a minudência especular do vai e vem.

A mesmice mensal do mês.
Presumir o porvir não requer talento:
o torpor engravida a véspera.
E, vazio de amanhã, amanhece.

Η ΚΗΔΕΙΑ ΤΟΥ ΣΑΡΠΗΔΟΝΟΣ [1908]

Βαρυάν ὀδύνην ἔχει ὁ Ζεύς. Τόν Σαρπηδόνα
ἐσκότωσεν ὁ Πάτροκλος· καί τώρα ὁρμοῦν
ὁ Μενοιτιάδης κ' οἱ Ἀχαιοί τό σῶμα
ν' ἁρπάξουνε καί νά τό ἐξευτελίσουν.

Ἀλλά ὁ Ζεύς διόλου δέν στέργει αὐτά.
Τό ἀγαπημένο του παιδί — πού τό ἄφισε
καί χάθηκεν· ὁ Νόμος ἦταν ἔτσι —
τουλάχιστον θά τό τιμήσει πεθαμένο.
Καί στέλνει, ἰδού, τόν Φοῖβο κάτω στήν πεδιάδα
ἑρμηνευμένο πῶς τό σῶμα νά νοιασθεῖ.

Τοῦ ἥρωος τόν νεκρό μ' εὐλάβεια καί μέ λύπη
σηκώνει ὁ Φοῖβος καί τόν πάει στόν ποταμό.
Τόν πλένει ἀπό τές σκόνες κι ἀπ' τά αἵματα·
κλείει τήν πληγή του, μή ἀφίνοντας
κανένα ἴχνος νά φανεῖ· τῆς ἀμβροσίας
τ' ἀρώματα χύνει ἐπάνω του· καί μέ λαμπρά
Ὀλύμπια φορέματα τόν ντύνει.
Τό δέρμα του ἀσπρίζει· καί μέ μαργαριταρένιο
χτένι κτενίζει τά κατάμαυρα μαλλιά.
Τά ὡραῖα μέλη σχηματίζει καί πλαγιάζει.

Τώρα σάν νέος μοιάζει βασιλεύς ἁρματηλάτης —
στά εἰκοσιπέντε χρόνια του, στά εἰκοσιέξι —
ἀναπαυόμενος μετά πού ἐκέρδισε,
μ' ἅρμα ὁλόχρυσο καί ταχυτάτους ἵππους,
σέ ξακουστόν ἀγῶνα τό βραβεῖον.

O FUNERAL DE SARPÉDON

Duro baque acomete Zeus. Pátroclo
matou Sarpédon. Sobre o cadáver,
os aqueus e o Meneclade se imiscuem:
querem usurpá-lo, humilhá-lo.

Mas a discordância de Zeus é total.
Às honrarias do *post-mortem*
(já que Nomos se impôs,
quando permitiu-lhe o passamento),
pelo menos a elas, o filho faria jus.
Com instruções sobre como proceder
com o corpo, expede Apolo planície abaixo.

O cadáver do herói, Apolo soergue e banha
no arroio potável; pesaroso, circunspecto.
Despoja-o do pó e do sangue;
obstrui as chagas hórridas, obnubila
todo e qualquer vestígio; derrama o arômata
ambrosíaco; a indumentária dos olímpicos,
rútila, é sua vestimenta.
Despigmenta a epiderme, nívea. A pérola do pente
percorre a cabeleira nigérrima.
Reapruma os membros esbeltos, delonga-os.

Ei-lo que aparenta um auriga, basileu novato,
na casa dos vinte e cinco, vinte e seis anos,
distenso após a prevalência,
com seu coche áureo e corcéis agílimos,
na competição do ano.

Έτσι σάν πού τελείωσεν ό Φοίβος
τήν έντολή του, κάλεσε τούς δυό άδελφούς
τόν Ύπνο καί τόν Θάνατο, προστάζοντάς τους
νά πάν τό σώμα στήν Λυκία, τόν πλούσιο τόπο.

Καί κατά έκεί τόν πλούσιο τόπο, τήν Λυκία
τούτοι όδοιπόρησαν οί δυό άδελφοί
Ύπνος καί Θάνατος, κι όταν πιά έφθασαν
στήν πόρτα τού βασιλικού σπιτιού
παρέδοσαν τό δοξασμένο σώμα,
καί γύρισαν στές άλλες τους φροντίδες καί δουλειές.

Κι ώς τόλαβαν αύτού, στό σπίτι, άρχίνησε
μέ συνοδείες, καί τιμές, καί θρήνους,
καί μ' άφθονες σπονδές άπό ίερούς κρατήρας,
καί μ' όλα τά πρεπά ή θλιβερή ταφή·
κ' έπειτα έμπειροι τής πολιτείας έργάται,
καί φημισμένοι δουλευταί τής πέτρας
ήλθανε κ' έκαμαν τό μνήμα καί τήν στήλη.

A Hipnos e Tânatos conclama,
à dupla irmã,
tão logo finaliza sua parte.
É sua incumbência o translado para a Lícia,
solo fértil.

E o solo fértil da Lícia,
a dupla adelfa cruza,
Hipnos e Tânatos, e, tão logo se deparam
com os pórticos do solar basileu,
restituem o corpo insigne;
ato contínuo, retomam seus afazeres.

No lar, no instante da recepção,
formam-se procissões, honram-no, choram-no.
Crateras sacras, inúmeras delas, delibam,
o triste sepulcro se dá, com tudo o que é de direito;
os que encabeçam a artesania na pólis,
os mais talhados lapidadores de pedras
assumem, a seguir,
a edificação do memorial e da estela.

ΟΥΤΟΣ ΕΚΕΙΝΟΣ [1909]

Ἄγνωστος — ξένος μές στήν Ἀντιόχεια — Ἐδεσσηνός
γράφει πολλά. Καί τέλος πάντων, νά, ὁ λίνος
ὁ τελευταῖος ἔγινε. Μέ αὐτόν ὀγδόντα τρία

ποιήματα ἐν ὅλῳ. Πλήν τόν ποιητή
κούρασε τόσο γράψιμο, τόση στιχοποιΐα,
καί τόση ἔντασις σ' ἑλληνική φρασιολογία,
καί τώρα τόν βαραίνει πιά τό κάθε τί.—

Μιά σκέψις ὅμως παρευθύς ἀπό τήν ἀθυμία
τόν βγάζει — τό ἐξαίσιον Οὗτος Ἐκεῖνος,
πού ἄλλοτε στόν ὕπνο του ἄκουσε ὁ Λουκιανός.

ESTE É AQUELE

Prolífico na escrita, um estrangeiro
de Edessa em Antióquia. O derradeiro
canto lúgubre, ei-lo, à mesa. Fez

oitenta e três poemas. A escritura
agora o cansa. Versejou em ex-
cesso, frasear em grego foi um peso;
na atualidade, um nada o tritura.

Mas eis que um pensamento, outra vez,
o alenta. É o "Este é Aquele", que primeiro
Luciano ouviu em sonho e o deixa inteiro.

Η ΣΑΤΡΑΠΕΙΑ [1910]

Τί συμφορά, ἐνῶ εἶσαι καμωμένος
γιά τά ὡραῖα καί μεγάλα ἔργα
ἡ ἄδικη αὐτή σου ἡ τύχη πάντα
ἐνθάρρυνσι κ' ἐπιτυχία νά σέ ἀρνεῖται·
νά σ' ἐμποδίζουν εὐτελεῖς συνήθειες,
καί μικροπρέπειες, κι ἀδιαφορίες.
Καί τί φρικτή ἡ μέρα πού ἐνδίδεις,
(ἡ μέρα πού ἀφέθηκες κ' ἐνδίδεις),
καί φεύγεις ὁδοιπόρος γιά τά Σοῦσα,
καί πηαίνεις στόν μονάρχην Ἀρταξέρξη
πού εὐνοϊκά σέ βάζει στήν αὐλή του,
καί σέ προσφέρει σατραπεῖες καί τέτοια.
Καί σύ τά δέχεσαι μέ ἀπελπισία
αὐτά τά πράγματα πού δέν τά θέλεις.
Ἄλλα ζητεῖ ἡ ψυχή σου, γι' ἄλλα κλαίει·
τόν ἔπαινο τοῦ Δήμου καί τῶν Σοφιστῶν,
τά δύσκολα καί τ' ἀνεκτίμητα Εὖγε·
τήν Ἀγορά, τό Θέατρο, καί τούς Στεφάνους.
Αὐτά ποῦ θά σ' τά δώσει ὁ Ἀρταξέρξης,
αὐτά ποῦ θά τά βρεῖς στή σατραπεία·
καί τί ζωή χωρίς αὐτά θά κάμεις.

A SATRAPIA

Má estrela! Talhado para feitos
de peso, obras de vulto, a inimizade
da sorte tens: invariavelmente
avessa a te animar, sonega o júbilo.
E os costumes? Quimera só, estorvo!
Desdém e minudência a ti ofendem.
E que jornada árdua, quando cedes
(cedeste ao dia, susceptivelmente...),
singrando em direção a Susa, atrás
de Artaxerxes, monarca tão benévolo
ao te franquear a corte, dadivoso
em satrapias e outras regalias.
Disseste um sim acídulo, que o sonho
acalentado era diverso. A ânima
carpe, reclama outro caminho: o aplauso
dos sofistas, a aprovação massiva,
o *Bravo*! inestimável, conquistado;
a Ágora, o Teatro e as Guirlandas.
Depender de Artaxerxes para obtê-lo?
Não será a satrapia que vai dar-te.
E, sem isso, que vida irás levar?

ΤΑ ΕΠΙΚΙΝΔΥΝΑ [1911]

Εἶπε ὁ Μυρτίας (Σύρος σπουδαστής
στήν Ἀλεξάνδρεια· ἐπί βασιλείας
αὐγούστου Κώνσταντος καί αὐγούστου Κωνσταντίου·
ἐν μέρει ἐθνικός, κ' ἐν μέρει χριστιανίζων)·
«Δυναμωμένος μέ θεωρία καί μελέτη,
ἐγώ τά πάθη μου δέν θά φοβοῦμαι σά δειλός.
Τό σῶμα μου στές ἡδονές θά δώσω,
στές ἀπολαύσεις τές ὀνειρεμένες,
στές τολμηρότερες ἐρωτικές ἐπιθυμίες,
στές λάγνες τοῦ αἵματός μου ὁρμές, χωρίς
κανέναν φόβο, γιατί ὅταν θέλω –
καί θἄχω θέλησι, δυναμωμένος
ὡς θἆμαι μέ θεωρία καί μελέτη –
στές κρίσιμες στιγμές θά ξαναβρίσκω
τό πνεῦμα μου, σάν πρίν, ἀσκητικό.»

OS RISCOS

Mírtias profere (sírio, estudava
em Alexandria, sob o reinado,
entre gentio e cristão,
de Constante e Constâncio, ambos augustos):
"Teoria e estudo hão de dar-me vigor
e não serei frouxo com meus apetites!
Meu corpo, entrego-o ao hedonismo,
à evasão onírica,
aos ímpetos carnais mais radicais,
à pulsão lasciva de meu sangue, sem
laivos de fobia, a meu talante –
e a volição não falha, pois teoria e estudo
hão de ser meu lastro –,
quando me arrisque, o hausto
reencontro-o, como outrora, ascético".

ΜΑΡΤΙΑΙ ΕΙΔΟΙ [1911]

Τά μεγαλεῖα νά φοβᾶσαι, ὦ ψυχή.
Καί τές φιλοδοξίες σου νά ὑπερνικήσεις
ἄν δέν μπορεῖς, μέ δισταγμό καί προφυλάξεις
νά τές ἀκολουθεῖς. Κι ὅσο ἐμπροστά προβαίνεις,
τόσο ἐξεταστική, προσεκτική νά εἶσαι.

Κι ὅταν θά φθάσεις στήν ἀκμή σου, Καῖσαρ πιά·
ἔτσι περιωνύμου ἀνθρώπου σχῆμα ὅταν λάβεις,
τότε κυρίως πρόσεξε σά βγεῖς στόν δρόμον ἔξω,
ἐξουσιαστής περίβλεπτος μέ συνοδεία,
ἄν τύχει καί πλησιάσει ἀπό τόν ὄχλο
κανένας Ἀρτεμίδωρος, πού φέρνει γράμμα,
καί λέγει βιαστικά «Διάβασε ἀμέσως τοῦτα,
εἶναι μεγάλα πράγματα πού σ' ἐνδιαφέρουν»,
μή λείψεις νά σταθεῖς· μή λείψεις ν' ἀναβάλεις
κάθε ὁμιλίαν ἤ δουλειά· μή λείψεις τούς διαφόρους
πού χαιρετοῦν καί προσκυνοῦν νά τούς παραμερίσεις
(τούς βλέπεις πιό ἀργά)· ἄς περιμένει ἀκόμη
κ' ἡ Σύγκλητος αὐτή, κ' εὐθύς νά τά γνωρίσεις
τά σοβαρά γραφόμενα τοῦ Ἀρτεμιδώρου.

IDOS DE MARÇO

Teme, ó ânima, as magnitudes
e as querências; incapaz
de submetê-las, sondagem e apuro
preserva em tua busca. Não prescindas do exame
e da vigília em teu avanço.

No ápice do teu destino, um César talvez,
quando te figures um ente de renome,
fica atento em tuas peregrinações,
mandatário conspícuo encabeçando o séquito,
se da massa irrompe um tipo como Artemidoro,
esbaforido, com um escrito:
"Não deixes para depois, lê agora;
cabeludos, são assuntos de tua alçada",
não titubeies, detém-te!, não evites refugar
a massa, fléxil, que te aplaude
(haverá tempo de sobra); o próprio Senado,
que te aguarde! Sem delongas, toma ciência
do que Artemidoro porta de tão árdego.

ΤΥΑΝΕΥΣ ΓΛΥΠΤΗΣ [1911]

Καθώς πού θά τό ἀκούσατε, δέν εἶμ' ἀρχάριος.
Κάμποση πέτρα ἀπό τά χέρια μου περνᾶ.
Καί στήν πατρίδα μου, τά Τύανα, καλά
μέ ξέρουνε· κ' ἐδῶ ἀγάλματα πολλά
μέ παραγγείλανε συγκλητικοί.

Καί νά σᾶς δείξω
ἀμέσως μερικά. Παρατηρεῖστ' αὐτήν τήν Ρέα·
σεβάσμια, γεμάτη καρτερία, παναρχαία.
Παρατηρεῖστε τόν Πομπήϊον. Ὁ Μάριος,
ὁ Αἰμίλιος Παῦλος, ὁ Ἀφρικανός Σκιπίων.
Ὁμοιώματα, ὅσο πού μπόρεσα, πιστά.
Ὁ Πάτροκλος (ὀλίγο θά τόν ξαναγγίξω).
Πλησίον στοῦ μαρμάρου τοῦ κιτρινωποῦ
ἐκεῖνα τά κομμάτια, εἶν' ὁ Καισαρίων.

Καί τώρα καταγίνομαι ἀπό καιρό ἀρκετό
νά κάμω ἕναν Ποσειδῶνα. Μελετῶ
κυρίως γιά τ' ἄλογά του, πῶς νά πλάσω αὐτά.
Πρέπει ἐλαφρά ἔτσι νά γίνουν πού
τά σώματα, τά πόδια των νά δείχνουν φανερά
πού δέν πατοῦν τήν γῆ, μόν' τρέχουν στά νερά.

Μά νά τό ἔργον μου τό πιό ἀγαπητό
πού δούλεψα συγκινημένα καί τό πιό προσεχτικά·
αὐτόν, μιά μέρα τοῦ καλοκαιριοῦ θερμή
πού ὁ νοῦς μου ἀνέβαινε στά ἰδανικά,
αὐτόν ἐδῶ ὀνειρεύομουν τόν νέον Ἑρμῆ.

ESCULTOR DE TIANA

Sabeis (imagino) que não sou novato.
Inúmeras pedras minhas mãos tateiam.
Em Tiana, onde nasci, reconhecem-me;
senadores me acumulam de encomendas
aqui, desejam estátuas de si mesmos.

Permito-me
apresentar algumas. Reparai em Reia:
altiva, plena em seu porte, pan-arcaica.
Mirai Pompeu, Mário,
Emílio Paulo, Cípion, o Africano.
Cópias fidedignas, no limite do possível.
Pátroclo, ainda pretendo lapidá-lo.
Eis Cesário, junto aos blocos marmóreos,
jalnes!

Não é de hoje que persisto
em modelar um Poseidon. Meu fulcro
é o vínculo com os cavalos, como plasmá-los.
Necessito que somatizem o éter,
com patas sobrepairando a água,
e não na terra.

Reservo para o fim a que me toca fundo.
Nenhuma outra teve tanto de mim, do meu apuro:
numa jornada tépida de estio,
quando o espírito, no píncaro, idealiza,
com ele, onírico, divaguei: Hermes, o púbere.

Η ΔΟΞΑ ΤΩΝ ΠΤΟΛΕΜΑΙΩΝ [1911]

Εἶμ' ὁ Λαγίδης, βασιλεύς. Ὁ κάτοχος τελείως
(μέ τήν ἰσχύ μου καί τόν πλοῦτο μου) τῆς ἡδονῆς.
Ἢ Μακεδών, ἢ βάρβαρος δέν βρίσκεται κανείς
ἴσος μου, ἢ νά μέ πλησιάζει κάν. Εἶναι γελοῖος
ὁ Σελευκίδης μέ τήν ἀγοραία του τρυφή.
Ἂν ὅμως σεῖς ἄλλα ζητεῖτε, ἰδού κι αὐτά σαφῆ.
Ἡ πόλις ἡ διδάσκαλος, ἡ πανελλήνια κορυφή,
εἰς κάθε λόγο, εἰς κάθε τέχνη ἡ πιό σοφή.

A GLÓRIA DOS PTOLEMEUS

Sou o Lagida, rei. Ninguém conhece
(força e riqueza ajudam-me) como eu,
(bárbaro ou macedônio se entristece)
o que é prazer. É reles o Selêu-
cida com o que julga – rio! – o sexo.
O que procuras tens aqui complexo:
a pólis mestra, o cume ampliconvexo
pan-grego, a fala, a arte, em tudo há nexo.

ΦΙΛΕΛΛΗΝ [1912]

Τήν χάραξι φρόντισε τεχνικά νά γίνει.
Ἔκφρασις σοβαρή καί μεγαλοπρεπής.
Τό διάδημα καλλίτερα μᾶλλον στενό·
ἐκεῖνα τά φαρδιά τῶν Πάρθων δέν μέ ἀρέσουν.
Ἡ ἐπιγραφή, ὡς σύνηθες, ἑλληνικά·
ὄχ' ὑπερβολική, ὄχι πομπώδης —
μήν τά παρεξηγήσει ὁ ἀνθύπατος
πού ὅλο σκαλίζει καί μηνᾶ στήν Ρώμη —
ἀλλ' ὅμως βέβαια τιμητική.
Κάτι πολύ ἐκλεκτό ἀπ' τό ἄλλο μέρος·
κανένας δισκοβόλος ἔφηβος ὡραῖος.
Πρό πάντων σέ συστήνω νά κυττάξεις
(Σιθάσπη, πρός θεοῦ, νά μή λησμονηθεῖ)
μετά τό Βασιλεύς καί τό Σωτήρ,
νά χαραχθεῖ μέ γράμματα κομψά, Φιλέλλην.
Καί τώρα μή μέ ἀρχίζεις εὐφυολογίες,
τά «Ποῦ οἱ Ἕλληνες;» καί «Ποῦ τά Ἑλληνικά
πίσω ἀπ' τόν Ζάγρο ἐδῶ, ἀπό τά Φράατα πέρα».
Τόσοι καί τόσοι βαρβαρότεροί μας ἄλλοι
ἀφοῦ τό γράφουν, θά τό γράφουμε κ' ἐμεῖς.
Καί τέλος μή ξεχνᾶς πού ἐνίοτε
μᾶς ἔρχοντ' ἀπό τήν Συρία σοφισταί,
καί στιχοπλόκοι, κι ἄλλοι ματαιόσπουδοι.
Ὥστε ἀνελλήνιστοι δέν εἴμεθα, θαρρῶ.

FILELENO

Deves te esmerar na artesania da gravação.
Gravidade e altivez na fraseologia.
Prefiro o diadema tênue;
os taludos, que os Partos portam, julgo-os torpes...
Não destoes do usual: epigrafia grega;
não a alambicada, sem peias,
ambígua aos olhos do procônsul,
que a tudo esmiúça e comunica a Roma;
preserva, contudo, o registro vetusto.
Não discrepe a concepção do avesso:
cintile um discóbolo púbere.
Eis a recomendação precípua
(Deus queira não esqueças Sitaspe!):
contígua a Basileu, a Sóter,
com tipos de requinte, apõe: Fileleno.
Evita o prelúdio espirituoso, do tipo:
"Os helenos, onde estão eles?" ou "além Zagros,
após Fraata, o grego ainda é audível?"
Outros, diante dos quais nem somos bárbaros,
o empregam em sua grafia: nós, pois, idem!
Não deves ignorar a visitação esporádica
de sofistas sírios,
de poetastros, cultuadores de baboseiras.
Somos plenos do repertório grego – creio.

ΑΛΕΞΑΝΔΡΙΝΟΙ ΒΑΣΙΛΕΙΣ [1912]

Μαζεύθηκαν οἱ Ἀλεξανδρινοί
νά δοῦν τῆς Κλεοπάτρας τά παιδιά,
τόν Καισαρίωνα, καί τά μικρά του ἀδέρφια,
Ἀλέξανδρο καί Πτολεμαῖο, πού πρώτη
φορά τά βγάζαν ἔξω στό Γυμνάσιο,
ἐκεῖ νά τά κηρύξουν βασιλεῖς,
μές στή λαμπρή παράταξι τῶν στρατιωτῶν.

Ὁ Ἀλέξανδρος — τόν εἶπαν βασιλέα
τῆς Ἀρμενίας, τῆς Μηδίας, καί τῶν Πάρθων.
Ὁ Πτολεμαῖος — τόν εἶπαν βασιλέα
τῆς Κιλικίας, τῆς Συρίας, καί τῆς Φοινίκης.
Ὁ Καισαρίων στέκονταν πιό ἐμπροστά,
ντυμένος σέ μετάξι τριανταφυλλί,
στό στῆθος του ἀνθοδέσμη ἀπό ὑακίνθους,
ἡ ζώνη του διπλή σειρά σαπφείρων κι ἀμεθύστων,
δεμένα τά ποδήματά του μ' ἄσπρες
κορδέλλες κεντημένες μέ ροδόχροα μαργαριτάρια.
Αὐτόν τόν εἶπαν πιότερο ἀπό τούς μικρούς,
αὐτόν τόν εἶπαν Βασιλέα τῶν Βασιλέων.

Οἱ Ἀλεξανδρινοί ἔνοιωθαν βέβαια
πού ἦσαν λόγια αὐτά καί θεατρικά.

Ἀλλά ἡ μέρα ἤτανε ζεστή καί ποιητική,
ὁ οὐρανός ἕνα γαλάζιο ἀνοιχτό,
τό Ἀλεξανδρινό Γυμνάσιον ἕνα
θριαμβικό κατόρθωμα τῆς τέχνης,
τῶν αὐλικῶν ἡ πολυτέλεια ἔκτακτη,
ὁ Καισαρίων ὅλο χάρις κ' ἐμορφιά

REIS ALEXANDRINOS

Alexandrinos aglomeravam-se
para o vislumbre dos filhos de Cleópatra,
Cesário e os irmãos menores,
Alexandre e Ptolemeu.
Conduziam-nos – ocasião inaugural! –
ao Ginásio,
com o intuito de anunciá-los basileus,
em meio ao cintilante cortejo de soldados.

A Alexandre, coube o reino
da Armênia e Mídia. Mandaria nos Partos.
A Ptolemeu, Cilícia, Síria, Fenícia.
Na dianteira, Cesário
investido em seda rosicler,
um ramo de jasmim no peito,
safira e ametista no cinto, fieira dúplice;
filigrana de pérola nácar
nas cintilhas alvas dos sapatos.
Magno basileu o proclamam,
basileu dos basileus!

Alexandrinos entreviam em tudo aquilo
parolagem e encenação.

Mas havia um quê de poético no dia tépido,
no blau da abóboda,
no Ginásio de Alexandria
(imbatível em garbo e artesania!),
no requinte inexcedível dos cortesãos,
na fusão de porte e graça
de Cesário

(τῆς Κλεοπάτρας υἱός, αἷμα τῶν Λαγιδῶν)·
κ' οἱ 'Αλεξανδρινοί ἔτρεχαν πιά στήν ἑορτή,
κ' ἐνθουσιάζονταν, κ' ἐπευφημοῦσαν
ἑλληνικά, κ' αἰγυπτιακά, καί ποιοί ἑβραίικα,
γοητευμένοι μέ τ' ὡραῖο θέαμα —
μ' ὅλο πού βέβαια ἤξευραν τί ἄξιζαν αὐτά,
τί κούφια λόγια ἦσανε αὐτές ἡ βασιλεῖες.

(herdava sangue lagida o filho de Cleópatra).
E os alexandrinos se apressam,
em êxtase na festa. Em grego, egípcio,
hebreu (bem menos),
os clamores percutiam,
o fascínio esplendia do espetáculo –
mesmo cientes de seu valor,
da equivalência entre o reinol e o vácuo
da parolice.

ΗΡΩΔΗΣ ΑΤΤΙΚΟΣ [1912]

Ἆ τοῦ Ἡρώδη τοῦ Ἀττικοῦ τί δόξα εἶν' αὐτή.

Ὁ Ἀλέξανδρος τῆς Σελευκείας, ἀπ' τούς καλούς μας σοφιστάς,
φθάνοντας στάς Ἀθήνας νά ὁμιλήσει,
βρίσκει τήν πόλιν ἄδεια, ἐπειδή ὁ Ἡρώδης
ἦταν στήν ἐξοχή. Κ' ἡ νεολαία
ὅλη τόν ἀκολούθησεν ἐκεῖ νά τόν ἀκούει.
Ὁ σοφιστής Ἀλέξανδρος λοιπόν
γράφει πρός τόν Ἡρώδη ἐπιστολή,
καί τόν παρακαλεῖ τούς Ἕλληνας νά στείλει.
Ὁ δέ λεπτός Ἡρώδης ἀπαντᾶ εὐθύς,
«Ἔρχομαι μέ τούς Ἕλληνας μαζύ κ' ἐγώ.» –

Πόσα παιδιά στήν Ἀλεξάνδρεια τώρα,
στήν Ἀντιόχεια, ἤ στήν Βηρυτό
(οἱ ρήτορές του οἱ αὔριανοί πού ἑτοιμάζει ὁ ἑλληνισμός),
ὅταν μαζεύονται στά ἐκλεκτά τραπέζια
πού πότε ἡ ὁμιλία εἶναι γιά τά ὡραῖα σοφιστικά,
καί πότε γιά τά ἐρωτικά των τά ἐξαίσια,
ἔξαφν' ἀφηρημένα σιωποῦν.
Ἄγγιχτα τά ποτήρια ἀφίνουνε κοντά των,
καί συλλογίζονται τήν τύχη τοῦ Ἡρώδη –
ποιός ἄλλος σοφιστής τ' ἀξιώθηκεν αὐτά; –
κατά ποῦ θέλει καί κατά ποῦ κάμνει
οἱ Ἕλληνες (οἱ Ἕλληνες!) νά τόν ἀκολουθοῦν,
μήτε νά κρίνουν ἤ νά συζητοῦν,
μήτε νά ἐκλέγουν πιά, ν' ἀκολουθοῦνε μόνο.

HERODES ÁTICO

Notável a glória de Herodes, o ático!

Um de nossos sofistas de ponta, Alexandre de Seleucia,
recém-chegado a Atenas,
encontra-a vazia de público, às moscas.
Herodes recolheu-se no campo, e os moços,
no seu encalço, desejam escutá-lo.
Alexandre, o sofista, pede
em sua missiva
que Herodes lhe destine os gregos.
Herodes não retarda a resposta sutil:
"Agrego-me ao cortejo grego".

Quantos rapazes de agora em Alexandria,
Antióquia ou Beirute
(o helenismo treina retores pósteros)
sócios nos banquetes de elite,
cujo tema gira em torno da sofística
e da singularidade de vínculos eróticos,
absortos, silenciam, de repente.
As taças, ao lado, mantêm-nas intactas
e pensam no que coube a Herodes
(que outro sofista obteve tanto?),
a seu talante e rompante,
os gregos (sim: os gregos!) formam-lhe o séquito,
não peroram, não julgam,
não escolhem, tão só o seguem.

ΕΠΗΓΑ [1913]

Δέν ἐδεσμεύθηκα. Τελείως ἀφέθηκα κ' ἐπῆγα.
Στές ἀπολαύσεις, πού μισό πραγματικές,
μισό γυρνάμενες μές στό μυαλό μου ἦσαν,
ἐπῆγα μές στήν φωτισμένη νύχτα.
Κ' ἤπια ἀπό δυνατά κρασιά, καθώς
πού πίνουν οἱ ἀνδρεῖοι τῆς ἡδονῆς.

FUI

Não me retive. Abri-me inteiro e fui.
À voluptuosidade, real às vezes,
concretizada às vezes em meu cérebro,
fui, no luzidio pleno de uma noite.
Goles de vinhos encorpados, como sói ser
com quem desteme o prazeroso.

ΠΟΛΥ ΣΠΑΝΙΩΣ [1913]

Εἶν' ἕνας γέροντας. Ἐξηντλημένος καί κυρτός,
σακατεμένος ἀπ' τά χρόνια, κι ἀπό καταχρήσεις,
σιγά βαδίζοντας διαβαίνει τό σοκάκι.
Κι ὅμως σάν μπεῖ στό σπίτι του νά κρύψει
τά χάλια καί τά γηρατειά του, μελετᾶ
τό μερτικό πού ἔχει ἀκόμη αὐτός στά νειάτα.

Ἔφηβοι τώρα τούς δικούς του στίχους λένε.
Στά μάτια των τά ζωηρά περνοῦν ἡ ὀπτασίες του.
Τό ὑγιές, ἡδονικό μυαλό των,
ἡ εὔγραμμη, σφιχτοδεμένη σάρκα των,
μέ τήν δική του ἔκφανσι τοῦ ὡραίου συγκινοῦνται.

RARIDADE

Quase um antepassado. Curvo e extênuo,
devastado pelo tempo e excentricidades,
sôfrego em sua cadência, cruza a viela.
Tão logo se recolhe à moradia,
com o intuito de ocultar a decrepitude e a idade,
pensa no que ainda tem dele a mocidade.

Efebos recitam sua poesia.
Seus vislumbres ocupam as retinas vivazes.
A fibra de suas psiques voluptuosas,
a carne rija e bem distribuída,
comovem-se com sua experiência de beleza.

ΛΥΣΙΟΥ ΓΡΑΜΜΑΤΙΚΟΥ ΤΑΦΟΣ [1914]

Πλησιέστατα, δεξιά πού μπαίνεις, στήν βιβλιοθήκη
τῆς Βηρυτοῦ θάψαμε τόν σοφό Λυσία,
γραμματικόν. Ὁ χῶρος κάλλιστα προσήκει.
Τόν θέσαμε κοντά σ' αὐτά του πού θυμᾶται
ἴσως κ' ἐκεῖ — σχόλια, κείμενα, τεχνολογία,
γραφές, εἰς τεύχη ἑλληνισμῶν πολλή ἑρμηνεία.
Κ' ἐπίσης ἔτσι ἀπό μᾶς θά βλέπεται καί θά τιμᾶται
ὁ τάφος του, ὅταν πού περνοῦμε στά βιβλία.

LÁPIDE DE LÍSIAS, O GRAMÁTICO

Alguns passos à destra, quando adentras na biblioteca
de Berito, foi onde enterramos Lísias, o sábio
gramático. Inexiste espaço mais propício.
Depusemo-lo próximo ao que rememora (quem sabe?)
em seu retiro: escólios, infólios, escrituras,
grafias, fascículos prolíficos em hermenêutica
helênica. Outra vantagem: rendemos loas à visão de sua lápide,
ao nos encaminharmos para os livros.

Η ΔΥΣΑΡΕΣΚΕΙΑ ΤΟΥ ΣΕΛΕΥΚΙΔΟΥ [1915]

Δυσαρεστήθηκεν ὁ Σελευκίδης
Δημήτριος νά μάθει πού στήν Ἰταλία
ἔφθασεν ἕνας Πτολεμαῖος σέ τέτοιο χάλι.
Μέ τρεῖς ἤ τέσσαρες δούλους μονάχα·
πτωχοντυμένος καί πεζός. Ἔτσι μιά εἰρωνία
θά καταντήσουν πιά, καί παίγνιο μές στήν Ρώμη
τά γένη των. Πού κατά βάθος ἔγιναν
σάν ἕνα εἶδος ὑπηρέται τῶν Ρωμαίων
τό ξέρει ὁ Σελευκίδης, πού αὐτοί τούς δίδουν
κι αὐτοί τούς παίρνουνε τούς θρόνους των
αὐθαίρετα, ὡς ἐπιθυμοῦν, τό ξέρει.
Ἀλλά τουλάχιστον στό παρουσιαστικό των
ἄς διατηροῦν κάποια μεγαλοπρέπεια·
νά μή ξεχνοῦν πού εἶναι βασιλεῖς ἀκόμη,
πού λέγονται (ἀλλοίμονον!) ἀκόμη βασιλεῖς.

Γι᾿ αὐτό συγχίσθηκεν ὁ Σελευκίδης
Δημήτριος· κι ἀμέσως πρόσφερε στόν Πτολεμαῖο
ἐνδύματα ὁλοπόρφυρα, διάδημα λαμπρό,
βαρύτιμα διαμαντικά, πολλούς
θεράποντας καί συνοδούς, τά πιό ἀκριβά του ἄλογα,
γιά νά παρουσιασθεῖ στήν Ρώμη καθώς πρέπει,
σάν Ἀλεξανδρινός Γραικός μονάρχης.

Ἀλλ᾿ ὁ Λαγίδης, πού ἦλθε γιά τήν ἐπαιτεία,
ἤξερε τήν δουλειά του καί τ᾿ ἀρνήθηκε ὅλα·
διόλου δέν τοῦ χρειάζονταν αὐτές ἡ πολυτέλειες.
Παληοντυμένος, ταπεινός μπῆκε στήν Ρώμη,
καί κόνεψε σ᾿ ἑνός μικροῦ τεχνίτου σπίτι.

A CONTRARIEDADE DO SELÊUCIDA

Demétrio, o selêucida,
contrariou-se quando soube
do estado em que um Ptolemeu chegara à Itália.
Três ou quatro fâmulos, se tanto,
a pé, indumentária depauperada. Como
sua estirpe, em Roma, livrar-se-ia do sarcasmo,
das piadas? Não ignora o selêucida
a condição em que se encontram, usufruídos por romanos.
Bem sabe que, a seu bel-prazer, os põem
e os depõem do trono.
Mas preservem no porte
algo do magno garbo!
Não olvidem que basileus ainda são,
que a denominação de reis ainda (!) lhes cabe.

Eis o motivo da contrariedade de Demétrio,
o selêucida. Doa a Ptolemeu
roupas de pura púrpura, diadema lampejante,
diamantes sem jaça, um séquito
de lacaios e asseclas, os mais onerosos cavalos:
os romanos deviam vê-lo como manda o figurino,
grego monarca alexandrino.

Mas o lagida,
que o trouxera a mendicância,
ciente de seu papel, a tudo denega:
não carecia de pluriluxos.
Vestido sem requinte, ingressa em Roma, humilde,
hospeda-se no domicílio de um artesão simples.

Κ' ἔπειτα παρουσιάσθηκε σάν κακομοίρης
καί σάν πτωχάνθρωπος στήν Σύγκλητο,
ἔτσι μέ πιό ἀποτέλεσμα νά ζητιανέψει.

E no Senado apresentou-se como alguém sem sorte,
como um homem pobre,
para bem suceder-se com a esmola.

ΣΟΦΟΙ ΔΕ ΠΡΟΣΙΟΝΤΩΝ [1915]

Οἱ ἄνθρωποι γνωρίζουν τά γινόμενα.
Τά μέλλοντα γνωρίζουν οἱ θεοί,
πλήρεις καί μόνοι κάτοχοι πάντων τῶν φώτων.
Ἐκ τῶν μελλόντων οἱ σοφοί τά προσερχόμενα
ἀντιλαμβάνονται. Ἡ ἀκοή

αὐτῶν κάποτε ἐν ὥραις σοβαρῶν σπουδῶν
ταράττεται. Ἡ μυστική βοή
τούς ἔρχεται τῶν πλησιαζόντων γεγονότων.
Καί τήν προσέχουν εὐλαβεῖς. Ἐνῶ εἰς τήν ὁδόν
ἔξω, οὐδέν ἀκούουν οἱ λαοί.

O DOUTO... A APROXIMAÇÃO

Homens sabem o que ocorre.
O vindouro, sabem-no os deuses,
únicos detentores dos fachos, todos eles, plenos.
Do vindouro, o douto pressente
a aproximação. Horas a fio

de estudo circunspecto e, num átimo, um surto
na audição. Rumor de enigma
vem-lhe dos fenômenos, que o rondam.
O zelo impede que se desvie. Nesse ínterim, lá fora,
na rua, surda, nada escuta a chusma.

Ο ΘΕΟΔΟΤΟΣ [1915]

Ἂν εἶσαι ἀπ' τούς ἀληθινά ἐκλεκτούς,
τήν ἐπικράτησί σου κύτταζε πῶς ἀποκτᾶς.
Ὅσο κι ἄν δοξασθεῖς, τά κατορθώματά σου
στήν Ἰταλία καί στήν Θεσσαλία
ὅσο κι ἄν διαλαλοῦν ἡ πολιτεῖες,
ὅσα ψηφίσματα τιμητικά
κι ἄν σ' ἔβγαλαν στή Ρώμη οἱ θαυμασταί σου,
μήτε ἡ χαρά σου, μήτε ὁ θρίαμβος θά μείνουν,
μήτε ἀνώτερος — τί ἀνώτερος; — ἄνθρωπος θά αἰσθανθεῖς,
ὅταν, στήν Ἀλεξάνδρεια, ὁ Θεόδοτος σέ φέρει,
ἐπάνω σέ σινί αἱματωμένο,
τοῦ ἀθλίου Πομπηΐου τό κεφάλι.

Καί μή ἐπαναπαύεσαι πού στήν ζωή σου
περιωρισμένη, τακτοποιημένη, καί πεζή,
τέτοια θεαματικά καί φοβερά δέν ἔχει.
Ἴσως αὐτήν τήν ὥρα εἰς κανενός γειτόνου σου
τό νοικοκερεμένο σπίτι μπαίνει —
ἀόρατος, ἄϋλος — ὁ Θεόδοτος,
φέρνοντας τέτοιο ἕνα φρικτό κεφάλι.

TEÓDOTO

Se te encontras efetivamente entre os eleitos,
repara em teu poder, como o auferes.
Por maior que seja teu renome, por mais que teus prodígios,
na Itália e na Tessália,
as urbes ululem,
por mais inumeráveis os decretos de honor
que os entusiastas te confiram em Roma,
nem teu regozijo, nem teu triunfo perdurarão,
nem homem súpero – súpero? – te vês
quando, em Alexandria, Teódoto te doe
na salva sanguinolenta
a cabeça do infeliz Pompeu.

Não excluas de tua vida
metódica, linear e circunscrita
episódios embasbacantes, hórridos.
Quem sabe, enquanto nos falamos, na morada
impecável de algum vizinho,
adentre
invisível, incorpóreo,
Teódoto,
portando uma testa tétrica.

ΟΡΟΦΕΡΝΗΣ [1915]

Αὐτός πού εἰς τό τετράδραχμον ἐπάνω
μοιάζει σάν νά χαμογελᾶ τό πρόσωπό του,
τό ἔμορφο, λεπτό του πρόσωπο,
αὐτός εἶν' ὁ 'Οροφέρνης 'Αριαράθου.

Παιδί τόν ἔδιωξαν ἀπ' τήν Καππαδοκία,
ἀπ' τό μεγάλο πατρικό παλάτι,
καί τόν ἐστείλανε νά μεγαλώσει
στήν 'Ιωνία, καί νά ξεχασθεῖ στούς ξένους.

Ἆ ἐξαίσιες τῆς 'Ιωνίας νύχτες
πού ἄφοβα, κ' ἑλληνικά ὅλως διόλου
ἐγνώρισε πλήρη τήν ἡδονή.
Μές στήν καρδιά του, πάντοτε 'Ασιανός·
ἀλλά στούς τρόπους του καί στήν λαλιά του Ἕλλην,
μέ περουζέδες στολισμένος, ἑλληνοντυμένος,
τό σῶμα του μέ μύρον ἰασεμιοῦ εὐωδιασμένο,
κι ἀπ' τούς ὡραίους τῆς 'Ιωνίας νέους,
ὁ πιό ὡραῖος αὐτός, ὁ πιό ἰδανικός.

Κατόπι σάν οἱ Σύροι στήν Καππαδοκία
μπῆκαν, καί τόν ἐκάμαν βασιλέα,
στήν βασιλεία χύθηκεν ἐπάνω
γιά νά χαρεῖ μέ νέον τρόπο κάθε μέρα,
γιά νά μαζεύει ἁρπαχτικά χρυσό κι ἀσῆμι,
καί γιά νά εὐφραίνεται, καί νά κομπάζει,
βλέποντας πλούτη στοιβαγμένα νά γυαλίζουν.
Ὅσο γιά μέριμνα τοῦ τόπου, γιά διοίκησι —
οὔτ' ἤξερε τί γένονταν τριγύρω του.
Οἱ Καππαδόκες γρήγορα τόν βγάλαν·
καί στήν Συρία ξέπεσε, μές στό παλάτι
τοῦ Δημητρίου νά διασκεδάζει καί νά ὀκνεύει.

OROFERNES

Orofernes é quem vês na moeda,
meio risonho,
vulto fino e convidativo.
Seu pai foi Ariárates.

Infante, expulsaram-no da Capadócia;
longe do mega solar avoengo,
foi parar na Jônia, onde deixaram-no crescer:
que fosse um joão ninguém entre estrangeiros!

Ah! Inolvidáveis noites jônias!
Sem paúra e nos moldes helênicos,
teve acesso ao hedonismo pleno.
Seu coração batia em asiático,
mas, nas atitudes e na linguagem, era um grego!
Apliques turquesas na indumentária grega,
do corpo efluía o jasmim mais puro.
Destaque pela formosura, pelo ideal,
entre a mocidade jônia, a mais garbosa.

Fizeram-no basileu,
durante o ingresso sírio na Capadócia.
Foi quando passou a renovar, dia a dia, seu desfrute,
obcecado acumulador de ouro e prata,
por puro regozijo e pavoneamento:
vislumbre do ofuscante acúmulo da fortuna!
Desconhecia as reais condições do país, alheio ao livro-caixa,
ignorava o sucedido a um palmo da vista.
Não tardou para os capadócios destituírem-no.
Desceu à Síria, instalou-se no palácio
de Demétrio, onde deu vazão a seus passatempos.

Μιά μέρα ὠστόσο τήν πολλήν ἀργία του
συλλογισμοί ἀσυνείθιστοι διεκόψαν·
θυμήθηκε πού ἀπ' τήν μητέρα του Ἀντιοχίδα,
κι ἀπ' τήν παληάν ἐκείνη Στρατονίκη,
κι αὐτός βαστοῦσε ἀπ' τήν κορώνα τῆς Συρίας,
καί Σελευκίδης ἦτανε σχεδόν.
Γιά λίγο βγῆκε ἀπ' τήν λαγνεία κι ἀπ' τήν μέθη,
κι ἀνίκανα, καί μισοζαλισμένος
κάτι ἐζήτησε νά ραδιουργήσει,
κάτι νά κάμει, κάτι νά σχεδιάσει,
κι ἀπέτυχεν οἰκτρά κ' ἐξουδενώθη.

Τό τέλος του κάπου θά γράφηκε κ' ἐχάθη·
ἤ ἴσως ἡ ἱστορία νά τό πέρασε,
καί, μέ τό δίκιο της, τέτοιο ἀσήμαντο
πρᾶγμα δέν καταδέχθηκε νά τό σημειώσει.

Αὐτός πού εἰς τό τετράδραχμον ἐπάνω
μιά χάρι ἀφῆκε ἀπ' τά ὡραῖα του νειάτα,
ἀπ' τήν ποιητική ἐμορφιά του ἕνα φῶς,
μιά μνήμη αἰσθητική ἀγοριοῦ τῆς Ἰωνίας,
αὐτός εἶν' ὁ Ὀροφέρνης Ἀριαράθου.

Imerso no ócio de um dia qualquer,
pensamentos esquisitos aturdiram-no.
Rememorou: pelo lado materno Antioquida,
e pela centenária Estratonice,
algo da coroa da Síria lhe pertencia;
era praticamente um selêucida.
Não mais luxurioso e divagante,
embora inábil e meio zonzo,
buscava uma saída,
um estratagema, um plano,
mas fracassou, reduziram-no a pó.

Em alguma página deve constar seu epílogo;
ou a história (sábia!) o suprimiu,
tão pouco afeita ao registro de insignificâncias.

Orofernes é quem vês na moeda.
Seu legado: o fascínio da lindura juvenil,
a forma poética de um fulgor,
a rememoração estética de um moço jônio.
Ei-lo, Orofernes, filho de Ariárates!

ΘΑΛΑΣΣΑ ΤΟΥ ΠΡΩΪΟΥ [1915]

Ἐδῶ ἄς σταθῶ. Κι ἄς δῶ κ' ἐγώ τήν φύσι λίγο.
Θάλασσας τοῦ πρωϊοῦ κι ἀνέφελου οὐρανοῦ
λαμπρά μαβιά, καί κίτρινη ὄχθη· ὅλα
ὡραῖα καί μεγάλα φωτισμένα.

Ἐδῶ ἄς σταθῶ. Κι ἄς γελασθῶ πώς βλέπω αὐτά
(τά εἶδ' ἀλήθεια μιά στιγμή σάν πρωτοστάθηκα)·
κι ὄχι κ' ἐδῶ τές φαντασίες μου,
τές ἀναμνήσεις μου, τά ἰνδάλματα τῆς ἡδονῆς.

MAR MATUTINO

Deter-me aqui. Vislumbre um pouco a natura.
O rútilo blau do mar matutino,
a abóboda sem nódoa, a orla ocre. A tudo
embeleza a luz efusa.

Deter-me aqui. Me iluda um tal panorama
(verdade: estático, o vi fugaz);
um tal, e não, também aqui, as fantasmagorias,
as rememorações, a luxúria das miragens.

Η ΜΑΧΗ ΤΗΣ ΜΑΡΝΗΣΙΑΣ [1915]

Ἔχασε τήν παληά του ὁρμή, τό θάρρος του.
Τοῦ κουρασμένου σώματός του, τοῦ ἄρρωστου

σχεδόν, θἄχει κυρίως τήν φροντίδα. Κι ὁ ἐπίλοιπος
βίος του θά διέλθει ἀμέριμνος. Αὐτά ὁ Φίλιππος

τουλάχιστον διατείνεται. Ἀπόψι κύβους παίζει·
ἔχει ὄρεξι νά διασκεδάσει. Στό τραπέζι

βάλτε πολλά τριαντάφυλλα. Τί ἄν στήν Μαγνησία
ὁ Ἀντίοχος κατεστράφηκε. Λένε πανωλεθρία

ἔπεσ' ἐπάνω στοῦ λαμπροῦ στρατεύματος τά πλήθια.
Μπορεῖ νά τά μεγάλωσαν· ὅλα δέν θἆναι ἀλήθεια.

Εἴθε. Γιατί ἀγκαλά κ' ἐχθρός, ἦσανε μιά φυλή.
Ὅμως ἕνα «εἴθε» εἶν' ἀρκετό. Ἴσως κιόλας πολύ.

Ὁ Φίλιππος τήν ἑορτή βέβαια δέν θ' ἀναβάλει.
Ὅσο κι ἄν στάθηκε τοῦ βίου του ἡ κόπωσις μεγάλη,

ἕνα καλό διατήρησεν, ἡ μνήμη διόλου δέν τοῦ λείπει.
Θυμᾶται πόσο στήν Συρία θρήνησαν, τί εἶδος λύπη

εἶχαν, σάν ἔγινε σκουπίδι ἡ μάνα των Μακεδονία.—
Ν' ἀρχίσει τό τραπέζι. Δοῦλοι· τούς αὐλούς, τή φωταψία.

A BATALHA DE MAGNÉSIA

Nada restou do velho arroubo e valentia.
Do corpo adoecido e frágil carecia

de cuidar. Passará o fim da vida em paz.
Pelo menos, nenhuma outra meta traz

Filipe à mente. Joga dados na penumbra,
quer divertir-se. A rosa sobre a mesa o alumbra,

não basta uma! Pouco importa se em Magnésia
aniquilam Antíoco. Tal qual falésia,

desaba uma tragédia no tropel notável.
Exageram, talvez, nem tudo é comprovável.

Torço! Provinham de uma estirpe, em desavença.
Mas "torço" uma vez só, que mais seria ofensa.

Filipe não cogita de adiar a festa.
Sua vida se esgotou, mas ela ainda presta

para algo, pois não foi tolhido da memória.
Relembra triste a situação na Síria, inglória,

sua mãe na lama, a Macedônia, e aquela malta...
À festa, fâmulos! Trazei-me luz e flautas!

ΕΝ ΤῊ ΟΔΩ͂ [1916]

Τό συμπαθητικό του πρόσωπο, κομμάτι ὠχρό·
τά καστανά του μάτια, σάν κομένα·
εἴκοσι πέντ' ἐτῶν, πλήν μοιάζει μᾶλλον εἴκοσι·
μέ κάτι καλλιτεχνικό στό ντύσιμό του
— τίποτε χρῶμα τῆς κραβάτας, σχῆμα τοῦ κολλάρου —
ἀσκόπως περπατεῖ μές στήν ὁδό,
ἀκόμη σάν ὑπνωτισμένος ἀπ' τήν ἄνομη ἡδονή,
ἀπό τήν πολύ ἄνομη ἡδονή πού ἀπέκτησε.

NA ALAMEDA

No rosto afável, predomina o palor;
pupilas brunas, que esmorecem;
vinte e cinco, lhe dão quem sabe vinte;
a indumentária tem um quê de belas-artes
– tom da gravata, recorte da gola? –,
anda ao léu na alameda:
a anomia do hedonismo ainda o obceca,
anomia hedonista de um sobredesfrute.

ΕΝΩΠΙΟΝ ΤΟΥ ΑΓΑΛΜΑΤΟΣ ΤΟΥ ΕΝΔΥΜΙΩΝΟΣ [1916]

Ἐπί ἅρματος λευκοῦ πού τέσσαρες ἡμίονοι
πάλλευκοι σύρουν, μέ κοσμήματ' ἀργυρᾶ,
φθάνω ἐκ Μιλήτου εἰς τόν Λάτμον. Ἱερά
τελῶν — θυσίας καί σπονδάς — τῷ Ἐνδυμίωνι,
ἀπό τήν Ἀλεξάνδρειαν ἔπλευσα ἐν τριήρει πορφυρᾷ.—
Ἰδού τό ἄγαλμα. Ἐν ἐκστάσει βλέπω νῦν
τοῦ Ἐνδυμίωνος τήν φημισμένην καλλονήν.
Ἰάσμων κάνιστρα κενοῦν οἱ δοῦλοι μου· κ' εὐοίωνοι
ἐπευφημίαι ἐξύπνησαν ἀρχαίων χρόνων ἡδονήν.

DIANTE DA ESTÁTUA DE ENDÍMION

Quatro mulas alvíssimas encabeçam
a carruagem branca.
Faísca a prata dos arreios.
Em Latmo, oriundo de Mileto,
honoro Endímion, cumpro à risca os ritos,
delibo, sacrifico! Uma trirreme porfíria
leva-me de Alexandria. Ei-la, a estátua, Endímion!
Miro, atônito, sua lendária formosura.
Fâmulos, a mim submissos, derramam jasmim dos cestos.
Ufanos de bom augúrio, despertam
– ex-hipnos –
o gozo de eras priscas.

ΟΤΑΝ ΔΙΕΓΕΙΡΟΝΤΑΙ [1916]

Προσπάθησε νά τά φυλάξεις, ποιητή,
ὅσο κι ἄν εἶναι λίγα αὐτά πού σταματιοῦνται.
Τοῦ ἐρωτισμοῦ σου τά δράματα.
Βάλ' τα, μισοκρυμένα, μές στές φράσεις σου.
Προσπάθησε νά τά κρατήσεις, ποιητή,
ὅταν διεγείρονται μές στό μυαλό σου,
τήν νύχτα ἤ μές στήν λάμψι τοῦ μεσημεριοῦ.

QUANDO DESPONTEM

Empenha-te, poeta, no resguardo,
mesmo que lacunar a sua captura:
os vislumbres do teu erotismo.
Insere-os, semivelados, em tua fraseologia.
Empenha-te, poeta, no resguardo,
quando despontem em teu cérebro,
em plena noite, no sol a pino.

ΙΓΝΑΤΙΟΥ ΤΑΦΟΣ [1917]

Ἐδῶ δέν εἶμαι ὁ Κλέων πού ἀκούσθηκα
στήν Ἀλεξάνδρεια (ὅπου δύσκολα ξιπάζονται)
γιά τά λαμπρά μου σπίτια, γιά τούς κήπους,
γιά τ' ἄλογα καί γιά τ' ἁμάξια μου,
γιά τά διαμαντικά καί τά μετάξια πού φοροῦσα.
Ἄπαγε· ἐδῶ δέν εἶμαι ὁ Κλέων ἐκεῖνος·
τά εἰκοσιοκτώ του χρόνια νά σβυσθοῦν.
Εἶμ' ὁ Ἰγνάτιος, ἀναγνώστης, πού πολύ ἀργά
συνῆλθα· ἀλλ' ὅμως κ' ἔτσι δέκα μῆνες ἔζησα εὐτυχεῖς
μές στήν γαλήνη καί μές στήν ἀσφάλεια τοῦ Χριστοῦ.

TÚMULO DE INÁCIO

Eis-me que não sou Cléon, o outrora ínclito
de Alexandria (que a mais ninguém assombra)
com o garbo de cômodos e cômoros,
corcéis e coches,
diamantes e indumentária serícea.
Longe de mim ser aqui aquele Cléon:
que se escafeda com seus vinte e oito anos!
Sou o anagnosta Inácio, tardo
cônscio de si. Mesmo assim, não troco por nada o decemestre
supino,
resolto, sereno, com Cristo.

ΓΙΑ ΤΟΝ ΑΜΜΟΝΗ, ΠΟΥ ΠΕΘΑΝΕ 29 ΕΤΩΝ, ΣΤΑ 610 [1917]

Ραφαήλ, ὀλίγους στίχους σέ ζητοῦν
γιά ἐπιτύμβιον τοῦ ποιητοῦ Ἀμμόνη νά συνθέσεις.
Κάτι πολύ καλαίσθητον καί λεῖον. Σύ θά μπορέσεις,
εἶσαι ὁ κατάλληλος, νά γράψεις ὡς ἁρμόζει
γιά τόν ποιητήν Ἀμμόνη, τόν δικό μας.

Βέβαια θά πεῖς γιά τά ποιήματά του —
ἀλλά νά πεῖς καί γιά τήν ἐμορφιά του,
γιά τήν λεπτή ἐμορφιά του πού ἀγαπήσαμε.

Πάντοτε ὡραῖα καί μουσικά τά ἑλληνικά σου εἶναι.
Ὅμως τήν μαστοριά σου ὅληνα τή θέμε τώρα.
Σέ ξένη γλῶσσα ἡ λύπη μας κ' ἡ ἀγάπη μας περνοῦν.
Τό αἰγυπτιακό σου αἴσθημα χύσε στήν ξένη γλῶσσα.

Ραφαήλ, οἱ στίχοι σου ἔτσι νά γραφοῦν
πού νἄχουν, ξέρεις, ἀπό τήν ζωή μας μέσα των,
πού κι ὁ ρυθμός κ' ἡ κάθε φράσις νά δηλοῦν
πού γι' Ἀλεξανδρινό γράφει Ἀλεξανδρινός.

PARA AMÔNIS, MORTO AOS 29 ANOS, EM 610

Solicitam, Rafael, que versejes um epitáfio
para Amônis, o poeta.
Algo em que o belo permeie a estrutura.
Ninguém é mais talhado para a harmoniosa escritura
em prol de Amônis, poeta, um dos nossos.

Teu temário (não duvido) será sua poesia,
mas não denegues a beleza,
a beleza sutil, a que ambos devotamos tanto apreço.

Teu grego excede em formosura e música.
Mas rogamos que te superes, mostra que és exímio!
Ao idioma alheio, amor e dor, os nossos, se trasladem.
Impregna de estesia egípcia a língua alienígena!

Rafael, teu texto (assim o imaginamos)
que ele contenha em seus meandros nossa vida,
que sua cadência e seus torneios evidenciem
que sobre o alexandrino escreve outro alexandrino!

ΙΑΣΗ ΤΑΦΟΣ [1917]

Κεῖμαι ὁ Ἰασῆς ἐνταῦθα. Τῆς μεγάλης ταύτης πόλεως
ὁ ἔφηβος ὁ φημισμένος γιά ἐμορφιά.
Μ' ἐθαύμασαν βαθεῖς σοφοί· κ' ἐπίσης ὁ ἐπιπόλαιος,
ὁ ἁπλοῦς λαός. Καί χαίρομουν ἴσα καί γιά

τά δυό. Μά ἀπ' τό πολύ νά μ' ἔχει ὁ κόσμος Νάρκισσο κ' Ἑρμῆ,
ἡ καταχρήσεις μ' ἔφθειραν, μ' ἐσκότωσαν. Διαβάτη,
ἄν εἶσαι Ἀλεξανδρεύς, δέν θά ἐπικρίνεις. Ξέρεις τήν ὁρμή
τοῦ βίου μας· τί θέρμην ἔχει· τί ἡδονή ὑπερτάτη.

TÚMULO DE IASSÉS

Eis-me, jacente, Iassés. Na urbe enorme,
efebo, a forma deu-me fama.
Doutos de escol me adoraram. Idem o povaréu,
a gente estúrdia. Jamais hierarquizei

meu regozijo. Mas tanto a patuleia confundiu-me com Hermes,
    [com Narciso,
que o excesso fez-me vítima, fim da sina. Originário de Alexandria,
suspendes, viajor, o juízo crítico. Sabes o afã
da vida: como o fervor e o gozo nela habitam.

ΚΑΙΣΑΡΙΩΝ [1918]

Ἐν μέρει γιά νά ἐξακριβώσω μιά ἐποχή,
ἐν μέρει καί τήν ὥρα νά περάσω,
τήν νύχτα χθές πῆρα μιά συλλογή
ἐπιγραφῶν τῶν Πτολεμαίων νά διαβάσω.
Οἱ ἄφθονοι ἔπαινοι κ' ἡ κολακεῖες
εἰς ὅλους μοιάζουν. Ὅλοι εἶναι λαμπροί,
ἔνδοξοι, κραταιοί, ἀγαθοεργοί·
κάθ' ἐπιχείρησίς των σοφοτάτη.
Ἄν πεῖς γιά τές γυναῖκες τῆς γενιᾶς, κι αὐτές,
ὅλες ἡ Βερενίκες κ' ἡ Κλεοπάτρες θαυμαστές.

Ὅταν κατόρθωσα τήν ἐποχή νά ἐξακριβώσω
θἄφινα τό βιβλίο ἄν μιά μνεία μικρή,
κι ἀσήμαντη, τοῦ βασιλέως Καισαρίωνος
δέν εἵλκυε τήν προσοχή μου ἀμέσως...

Ἄ, νά, ἦρθες σύ μέ τήν ἀόριστη
γοητεία σου. Στήν ἱστορία λίγες
γραμμές μονάχα βρίσκονται γιά σένα,
κ' ἔτσι πιό ἐλεύθερα σ' ἔπλασα μές στόν νοῦ μου.
Σ' ἔπλασα ὡραῖο κ' αἰσθηματικό.
Ἡ τέχνη μου στό πρόσωπό σου δίνει
μιάν ὀνειρώδη συμπαθητική ἐμορφιά.
Καί τόσο πλήρως σέ φαντάσθηκα,
πού χθές τήν νύχτα ἀργά, σάν ἔσβυνεν
ἡ λάμπα μου — ἄφισα ἐπίτηδες νά σβύνει —
ἐθάρρεψα πού μπῆκες μές στήν κάμαρά μου,
μέ φάνηκε πού ἐμπρός μου στάθηκες· ὡς θά ἦσουν
μές στήν κατακτημένην Ἀλεξάνδρεια,

CESÁRIO

Com o intuito de elucidar uma época,
mas também por mero passatempo,
compulsei na noite que passou
uma recolta de escritos ptolemaicos.
Não havia exceção: todos condividiam,
edulcorados, o derramamento de louvores.
O brilho se espraiava irmamente,
unânimes beneméritos, potentados, incensados;
inteligência incomum nutria cada iniciativa.
Se o tema recaía sobre damas de escol,
existiam tão só Berenices e Cleópatras, todas ótimas.

Dando-me por satisfeito,
prestes a desfechar o infólio,
uma referência periférica (parecia quimera)
reteve-me num átimo a atenção. Era ao rei Cesário...

Eis que me deparei contigo, dono de atrativo
indefinido. A historiografia te brinda
com linhas sumaríssimas,
um trunfo para figurar-te em meu espírito.
Esbelto, vulnerável, assim te modelei.
Um quê de afabilidade onírica,
meu talento confere à tua face.
A tal ponto a fantasia se locupletava,
que, de madrugada, quando a lamparina
já cedia (que eu fomentara seu declínio),
dei-me conta de teu ingresso no cômodo,
estático diante de mim, como quando da conquista
de Alexandria,

χλωμός καί κουρασμένος, ἰδεώδης ἐν τῇ λύπη σου,
ἐλπίζοντας ἀκόμη νά σέ σπλαχνισθοῦν
οἱ φαῦλοι — πού ψιθύριζαν τό «Πολυκαισαρίη».

sem cor, extênuo, incrivelmente melancólico,
à mercê da anuência de pífios
pigmeus – murmuradores de "Pluricésares".

ΑΙΜΙΛΙΑΝΟΣ ΜΟΝΑΗ, ΑΛΕΞΑΝΔΡΕΥΣ, 628–655 Μ.Χ. [1918]

Μέ λόγια, μέ φυσιογνωμία, καί μέ τρόπους
μιά ἐξαίρετη θά κάμω πανοπλία·
καί θ' ἀντικρύζω ἔτσι τούς κακούς ἀνθρώπους
χωρίς νά ἔχω φόβον ἤ ἀδυναμία.

Θά θέλουν νά μέ βλάψουν. Ἀλλά δέν θά ξέρει
κανείς ἀπ' ὅσους θά μέ πλησιάζουν
ποῦ κεῖνται ἡ πληγές μου, τά τρωτά μου μέρη,
κάτω ἀπό τά ψεύδη πού θά μέ σκεπάζουν.—

Ρήματα τῆς καυχήσεως τοῦ Αἰμιλιανοῦ Μονάη.
Ἄραγε νἄκαμε ποτέ τήν πανοπλία αὐτή;
Ἐν πάση περιπτώσει, δέν τήν φόρεσε πολύ.
Εἴκοσι ἑπτά χρονῶ, στήν Σικελία πέθανε.

EMILIANO MONAE, ALEXANDRINO, 628–655 D.C.

Parolagem, traços fisionômicos, meneios...
assim confecciono a invulgar panóplia
e me anteponho aos maléficos,
isento de paúra e titubeio.

Sonham com meu dano. Mas, os que fizerem
cerco ignorarão – todos eles! –
a posição das chagas, os pontos vulneráveis,
sob a inverdade espessa.

Bazófia nas palavras de Emiliano Monae.
Panóplia desse tipo, chegou a fabricar um dia?
Mesmo que sim, foi quase nula a serventia.
Finou aos vinte e sete anos na Sicília.

ΑΡΙΣΤΟΒΟΥΛΟΣ [1918]

Κλαίει τό παλάτι, κλαίει ὁ βασιλεύς,
ἀπαρηγόρητος θρηνεῖ ὁ βασιλεύς Ἡρώδης,
ἡ πολιτεία ὁλόκληρη κλαίει γιά τόν Ἀριστόβουλο
πού ἔτσι ἄδικα, τυχαίως πνίχθηκε
παίζοντας μέ τούς φίλους του μές στό νερό.

Κι ὅταν τό μάθουνε καί στ' ἄλλα μέρη,
ὅταν ἐπάνω στήν Συρία διαδοθεῖ,
κι ἀπό τούς Ἕλληνας πολλοί θά λυπηθοῦν·
ὅσοι ποιηταί καί γλύπται θά πενθήσουν,
γιατ' εἶχεν ἀκουσθεῖ σ' αὐτούς ὁ Ἀριστόβουλος,
καί ποιά τους φαντασία γιά ἔφηβο ποτέ
ἔφθασε τέτοιαν ἐμορφιά σάν τοῦ παιδιοῦ αὐτοῦ·
ποιό ἄγαλμα θεοῦ ἀξιώθηκεν ἡ Ἀντιόχεια
σάν τό παιδί αὐτό τοῦ Ἰσραήλ.

Ὀδύρεται καί κλαίει ἡ Πρώτη Πριγκηπέσσα·
ἡ μάνα του ἡ πιό μεγάλη Ἑβρέσσα.
Ὀδύρεται καί κλαίει ἡ Ἀλεξάνδρα γιά τήν συμφορά.
Μά σάν βρεθεῖ μονάχη της ἀλλάζει ὁ καϋμός της.
Βογγᾶ· φρενιάζει· βρίζει· καταριέται.
Πῶς τήν ἐγέλασαν! Πῶς τήν φενάκισαν!
Πῶς ἐπί τέλους ἔ γ ι ν ε ὁ σκοπός των!
Τό ρήμαξαν τό σπίτι τῶν Ἀσαμωναίων.
Πῶς τό κατόρθωσε ὁ κακοῦργος βασιλεύς·
ὁ δόλιος, ὁ φαῦλος, ὁ ἀλιτήριος.
Πῶς τό κατόρθωσε. Τί καταχθόνιο σχέδιο
πού νά μή νοιώσει κ' ἡ Μαριάμμη τίποτε.
Ἂν ἔνοιωθε ἡ Μαριάμμη, ἂν ὑποπτεύονταν,
θἄβρισκε τρόπο τό ἀδέρφι της νά σώσει·

ARISTÓBULO

Pranteia o paço, o rei pranteia,
o rei Herodes, lúgubre, enubla,
Aristóbulo conturba a pólis de lado a lado,
imergido tão sem motivo – vida injusta! –
durante recreação com os amigos, na água.

E quando o informe alcance outras praças,
quando a Síria estiver a par,
os gregos, em boa parte, sofrerão um baque.
Enlutam poetas e escultores,
pois Aristóbulo gozava de renome em seu meio:
efebos que figuraram um dia
excedem o garbo desse jovem?
Que pedra burilada em Antióquia, divinal,
ofusca esse púbere israelita?

A Suma Princesa carpe e soluça,
sua mãe, hebreia supra.
Alexandra carpe e soluça a catástrofe,
mas, na solitude, transmuda sua angústia.
Geme, enfuria, agride, pragueja.
Que rasteira lhe deram, iludiram-na!
Como, ao cabo, impôs-se a empresa!
Derruíram o solar Asamoneu.
Como o basileu malfeitor foi efetivo:
torpe, espertalhão, canalha.
Que trama bem urdida! Que plano mirabolante
para excluir Mariana, deixá-la desavisada!
Se o tivesse percebido, desconfiado de algo,
teria encontrado um modo de poupar o mano.

βασίλισσα εἶναι τέλος, θά μποροῦσε κάτι.
Πῶς θά θριαμβεύουν τώρα καί θά χαίρονται κρυφά
ἡ μοχθηρές ἐκεῖνες, Κύπρος καί Σαλώμη·
ἡ πρόστυχες γυναῖκες Κύπρος καί Σαλώμη.—
Καί νἆναι ἀνίσχυρη, κι ἀναγκασμένη
νά κάνει πού πιστεύει τές ψευτιές των·
νά μή μπορεῖ πρός τόν λαό νά πάγει,
νά βγεῖ καί νά φωνάξει στούς Ἑβραίους,
νά πεῖ, νά πεῖ πῶς ἔγινε τό φονικό.

A condição de rainha teria valia.
Quanto arroubo, quanto regozijo oculto
entre Cipro e Salomé, mocreias perversas;
Cipro e Salomé, fêmeas pervertidas.
E ela, obrigada, de seu ângulo frágil,
a representar, crédula em suas versões,
impedida de aglutinar o público,
aos brados, diante dos hebreus,
e afirmar, sim, reafirmar a ocorrência do assassínio.

ΕΙΣ ΤΟ ΕΠΙΝΕΙΟΝ [1918]

Νέος, εἴκοσι ὀκτώ ἐτῶν, μέ πλοῖον τήνιον
ἔφθασε εἰς τοῦτο τό συριακόν ἐπίνειον
ὁ Ἔμης, μέ τήν πρόθεσι νά μάθει μυροπώλης.
Ὅμως ἀρρώστησε εἰς τόν πλοῦν. Καί μόλις
ἀπεβιβάσθη, πέθανε. Ἡ ταφή του, πτωχοτάτη,
ἔγιν' ἐδῶ. Ὀλίγες ὧρες πρίν πεθάνει, κάτι
ψιθύρισε γιά «οἰκίαν», γιά «πολύ γέροντας γονεῖς».
Μά ποιοί ἦσαν τοῦτοι δέν ἐγνώριζε κανείς,
μήτε ποιά ἡ πατρίς του μές στό μέγα πανελλήνιον.
Καλλίτερα. Γιατί ἔτσι ἐνῶ
κεῖται νεκρός σ' αὐτό τό ἐπίνειον,
θά τόν ἐλπίζουν πάντα οἱ γονεῖς του ζωντανό.

NO PORTO

Novato, desembarcou no porto sírio
Emes, provindo de Tinos. Não chegava aos trinta.
Pretendia fazer-se perfumista exímio,
mas adoeceu no navio. Tão logo aporta,
morre. Suas exéquias, despojadíssimas,
aqui se deram. Minutos prévios ao passamento,
balbuciou algo sobre uma "morada", sobre "pais senis".
Mas a dupla identidade era uma incógnita,
ignoravam seu logradouro no mega mundo pan-helênico.
Melhor assim. Exânime no surgidouro,
seus pais o aguardam, diuturnamente, vivendo.

ΛΑΝΗ ΤΑΦΟΣ [1918]

Ὁ Λάνης πού ἀγάπησες ἐδῶ δέν εἶναι, Μάρκε,
στόν τάφο πού ἔρχεσαι καί κλαῖς, καί μένεις ὧρες κι ὧρες.
Τόν Λάνη πού ἀγάπησες τόν ἔχεις πιό κοντά σου
στό σπίτι σου ὅταν κλείεσαι καί βλέπεις τήν εἰκόνα,
πού αὐτή κάπως διατήρησεν ὅ,τ' εἶχε πού ν' ἀξίζει,
πού αὐτή κάπως διατήρησεν ὅ,τ' εἶχες ἀγαπήσει.

Θυμᾶσαι, Μάρκε, πού ἔφερες ἀπό τοῦ ἀνθυπάτου
τό μέγαρον τόν Κυρηναῖο περίφημο ζωγράφο,
καί μέ τί καλλιτεχνικήν ἐκεῖνος πανουργία
μόλις εἶδε τόν φίλο σου κ' ἤθελε νά σᾶς πείσει
πού ὡς Ὑάκινθον ἐξ ἅπαντος ἔπρεπε νά τόν κάμει
(μ' αὐτόν τόν τρόπο πιό πολύ θ' ἀκούονταν ἡ εἰκών του).

Μά ὁ Λάνης σου δέν δάνειζε τήν ἐμορφιά του ἔτσι·
καί σταθερά ἐναντιωθείς εἶπε νά παρουσιάσει
ὄχι διόλου τόν Ὑάκινθον, ὄχι κανέναν ἄλλον,
ἀλλά τόν Λάνη, υἱό τοῦ Ραμετίχου, Ἀλεξανδρέα.

TÚMULO DE LÂNIS

Lânis, Marco, senhor de tua querência,
não ocupa o sepulcro onde, horas a fio,
pranteias. Perto de ti o preservas,
no claustro de tua morada, quando miras sua imagem:
ela retém algo de seu valor intrínseco,
ela retém algo do teu deleite.

Recordas, Marco, que requisitaste a presença
de Cirene, o pintor, radicado no solar do procônsul,
dono de um variegado rol de sutilezas,
e que, à visão de teu amigo, ele intentou convencer-te
a retratá-lo, com máxima fidelidade, tal qual Jacinto,
recurso que imortalizaria sua pintura?

Mas teu Lânis não cedia sua beldade assim,
e, inflexível em sua negativa, foi taxativo
ao vetar a reprodução jacíntia ou qualquer outra
que não fosse de Lânis, filho de Ramético, alexandrino.

ΠΡΕΣΒΕΙΣ ΑΠ' ΤΗΝ ΑΛΕΞΑΝΔΡΕΙΑ [1918]

Δέν εἶδαν, ἐπί αἰῶνας, τέτοια ὡραῖα δῶρα στούς Δελφούς
σάν τοῦτα πού ἐστάλθηκαν ἀπό τούς δυό τούς ἀδελφούς,
τούς ἀντιζήλους Πτολεμαίους βασιλεῖς. Ἀφοῦ τά πῆραν
ὅμως, ἀνησυχῆσαν οἱ ἱερεῖς γιά τόν χρησμό. Τήν πεῖραν
ὅλην των θά χρειασθοῦν τό πῶς μέ ὀξύνοιαν νά συνταχθεῖ,
ποιός ἀπ' τούς δυό, ποιός ἀπό τέτοιους δυό νά δυσαρεστηθεῖ.
Καί συνεδριάζουνε τήν νύχτα μυστικά
καί συζητοῦν τῶν Λαγιδῶν τά οἰκογενειακά.

Ἀλλά ἰδού οἱ πρέσβεις ἐπανῆλθαν. Χαιρετοῦν.
Στήν Ἀλεξάνδρεια ἐπιστρέφουν, λέν. Καί δέν ζητοῦν
χρησμό κανένα. Κ' οἱ ἱερεῖς τ' ἀκοῦνε μέ χαρά
(ἐννοεῖται, πού κρατοῦν τά δῶρα τά λαμπρά),
ἀλλ' εἶναι καί στό ἔπακρον ἀπορημένοι,
μή νοιώθοντας τί ἡ ἐξαφνική ἀδιαφορία αὐτή σημαίνει.
Γιατί ἀγνοοῦν πού χθές στούς πρέσβεις ἦλθαν νέα βαρυά.
Στήν Ρώμη δόθηκε ὁ χρησμός· ἔγειν' ἐκεῖ ἡ μοιρασιά.

EMISSÁRIOS DE ALEXANDRIA

Em Delfos ninguém vira dons iguais
aos que os reis Ptolemeus, irmãos rivais,
mandaram. Guardam-nos os sacerdotes,
mas os aturde a previsão da sorte.
A redação exige astúcia, pois
será impossível agradar aos dois.
Sobre os Lagidas falam em sigilo
à noite: como resolver aquilo?

Os emissários vêm dizer adeus;
retornam para Alexandria, seus
oráculos não pedem. Quanto júbilo
nos sacerdotes (ficam os dons rútilos...)!
Mas algo os embaraça: a indiferença
brusca teria razão? Seria descrença?
Ignoram que o oráculo de Roma
profere grave: a divisão da soma.

ΤΩΝ ΕΒΡΑΙΩΝ (50 Μ.Χ.) [1919]

Ζωγράφος καί ποιητής, δρομεύς καί δισκοβόλος,
σάν Ἐνδυμίων ἔμορφος, ὁ Ἰάνθης Ἀντωνίου.
Ἀπό οἰκογένειαν φίλην τῆς Συναγωγῆς.

«Ἡ τιμιότερές μου μέρες εἶν' ἐκεῖνες
πού τήν αἰσθητική ἀναζήτησιν ἀφίνω,
πού ἐγκαταλείπω τόν ὡραῖο καί σκληρόν ἑλληνισμό,
μέ τήν κυρίαρχη προσήλωσι
σέ τέλεια καμωμένα καί φθαρτά ἄσπρα μέλη.
Καί γένομαι αὐτός πού θά ἤθελα
πάντα νά μένω· τῶν Ἑβραίων, τῶν ἱερῶν Ἑβραίων, ὁ υἱός.»

Ἔνθερμη λίαν ἡ δήλωσίς του. «Πάντα
νά μένω τῶν Ἑβραίων, τῶν ἱερῶν Ἑβραίων —»

Ὅμως δέν ἔμενε τοιοῦτος διόλου.
Ὁ Ἡδονισμός κ' ἡ Τέχνη τῆς Ἀλεξανδρείας
ἀφοσιωμένο τους παιδί τόν εἶχαν.

DOS HEBREUS (50 D.C.)

Pintor e poeta, corredor e discóbolo,
esbelto como Endímion, Iantes, filho de Antônio.
Sua família encarecia a sinagoga.

"Meus dias prediletos são os que passo
despreocupado de estética,
quando renego o belo e estéril helenismo,
com sua fixação obsessiva
pela alvura de membros perfeitos e vulneráveis,
e viro quem pudesse
perdurar: filho dos hebreus, dos sacros."

Deveras pungente sua frase: "Pudesse
perdurar: filho dos hebreus, dos sacros".

Não prosseguiu a ser quem quisera.
O Hedonismo e a Arte alexandrina
retinham-no como a um filho solícito.

ΔΕΗΜΗΤΡΙΟΥ ΣΩΤΗΡΟΣ
(162–150 Π.Χ.) [1919]

Κάθε του προσδοχία βγῆκε λανθασμένη!

Φαντάζονταν ἔργα νά κάμει ξακουστά,
νά παύσει τήν ταπείνωσι πού ἀπ' τόν καιρό τῆς μάχης
τῆς Μαγνησίας τήν πατρίδα του πιέζει.

Νά γίνει πάλι κράτος δυνατό ἡ Συρία,
μέ τούς στρατούς της, μέ τούς στόλους της,
μέ τά μεγάλα κάστρα, μέ τά πλούτη.

Ὑπέφερε, πικραίνονταν στήν Ρώμη
σάν ἔνοιωθε στές ὁμιλίες τῶν φίλων του,
τῆς νεολαίας τῶν μεγάλων οἴκων,
μές σ' ὅλην τήν λεπτότητα καί τήν εὐγένεια
πού ἔδειχναν σ' αὐτόν, τοῦ βασιλέως
Σελεύκου Φιλοπάτορος τόν υἱό —
σάν ἔνοιωθε πού ὅμως πάντα ὑπῆρχε μιά κρυφή
ὀλιγωρία γιά τές δυναστεῖες τές ἑλληνίζουσες·
πού ξέπεσαν, πού γιά τά σοβαρά ἔργα δέν εἶναι,
γιά τῶν λαῶν τήν ἀρχηγία πολύ ἀκατάλληλες.
Τραβιοῦνταν μόνος του, κι ἀγανακτοῦσε, κι ὄμνυε
πού ὅπως τά θαρροῦν διόλου δέν θἆναι·
ἰδού πού ἔχει θέλησιν αὐτός·
θ' ἀγωνισθεῖ, θά κάμει, θ' ἀνυψώσει.

Ἀρκεῖ νά βρεῖ ἕναν τρόπο στήν Ἀνατολή νά φθάσει,
νά κατορθώσει νά ξεφύγει ἀπό τήν Ἰταλία —
κι ὅλην αὐτήν τήν δύναμι πού ἔχει
μές στήν ψυχή του, ὅλην τήν ὁρμήν
αὐτή θά μεταδώσει στόν λαό.

DE DEMÉTRIO SÓTER (162–150 A.C.)

Abortou tudo o que sonhara.

Fantasiou a edificação de obras perduráveis,
reverter o menoscabo que rebaixa seu país
desde a ocorrência da batalha de Magnésia.

A Síria haveria de reconquistar seu poderio,
dotada de exércitos, esquadras,
fortificações enormes, dinheiro,
tudo no plural.

Deprimia-o em Roma
presumir dos colóquios afáveis
da juventude dourada,
sempre respeitosa e formal com ele,
filho de Seleuco Filopátor, o basileu,
presumir o desdém velado
pelas dinastias helenizantes,
decadentes, impotentes para realizações que contam,
sem traquejo na condução das massas.
Na solitude do retiro, garantia furibundo
que nada seria como confabulavam.
Não é um frouxo,
tem ímpeto de luta, ação. Quer erigir-se!

É só achar um jeito de alcançar o Oriente,
deixar atrás a Itália –
e toda a pujança de seu interior,
toda gana,
contagia a populaça.

Ἀ στήν Συρία μονάχα νά βρεθεῖ!
Ἔτσι μικρός ἀπ' τήν πατρίδα ἔφυγε
πού ἀμυδρῶς θυμοῦνταν τήν μορφή της.
Μά μές στήν σκέψι του τήν μελετοῦσε πάντα
σάν κάτι ἱερό πού προσκυνώντας τό πλησιάζεις,
σάν ὀπτασία τόπου ὡραίου, σάν ὅραμα
ἑλληνικῶν πόλεων καί λιμένων.—

Καί τώρα;
　　　　Τώρα ἀπελπισία καί καϋμός.
Εἴχανε δίκιο τά παιδιά στήν Ρώμη.
Δέν εἶναι δυνατόν νά βασταχθοῦν ἡ δυναστεῖες
πού ἔβγαλε ἡ Κατάκτησις τῶν Μακεδόνων.

Ἀδιάφορον: ἐπάσχισεν αὐτός,
ὅσο μποροῦσεν ἀγωνίσθηκε.
Καί μές στήν μαύρη ἀπογοήτευσί του,
ἕνα μονάχα λογαριάζει πιά
μέ ὑπερηφάνειαν· πού, κ' ἐν τῇ ἀποτυχίᾳ του,
τήν ἴδιαν ἀκατάβλητην ἀνδρεία στόν κόσμο δείχνει.

Τ' ἄλλα — ἦσαν ὄνειρα καί ματαιοπονίες.
Αὐτή ἡ Συρία — σχεδόν δέν μοιάζει σάν πατρίς του,
αὐτή εἶν' ἡ χώρα τοῦ Ἡρακλείδη καί τοῦ Βάλα.

Ah! Se ao menos estivesse na Síria!
Seu rincão, abandonou-o na tenra idade,
ficara-lhe a imagem difusa.
Mas, em seus devaneios, figurava-a feito
um templo do qual se achega com respeito,
vislumbre de um país notável, urbes
de sonho, ancoradouros gregos.

E o presente?
Desesperança e dor.
A mocidade romana tinha razão.
As dinastias que a Tomada macedônia propiciou,
era improvável que perpetuassem.

Dava no mesmo: fez o que pôde,
deu tudo de si.
E, no negrume da inanição,
bate na mesma tecla,
altivo: fracassou,
mas o mundo ainda vislumbra sua inarrestável bravura.

O resto: divagações oníricas, empenho inefetivo.
A Síria de hoje é um retrato esmaecido de sua pátria.
Pertence a gente como Heraclides e Balas.

ΕΙΓΕ ΕΤΕΛΕΥΤΑ [1920]

«Ποῦ ἀπεσύρθηκε, ποῦ ἐχάθηκε ὁ Σοφός;
Ἔπειτ' ἀπό τά θαύματά του τά πολλά,
τήν φήμη τῆς διδασκαλίας του
πού διεδόθηκεν εἰς τόσα ἔθνη
ἐκρύφθηκ' αἴφνης καί δέν ἔμαθε κανείς
μέ θετικότητα τί ἔγινε
(οὐδέ κανείς ποτέ εἶδε τάφον του).
Ἔβγαλαν μερικοί πώς πέθανε στήν Ἔφεσο.
Δέν τὄγραψεν ὁ Δάμις ὅμως· τίποτε
γιά θάνατο τοῦ Ἀπολλωνίου δέν ἔγραψεν ὁ Δάμις.
Ἄλλοι εἴπανε πώς ἔγινε ἄφαντος στήν Λίνδο.
Ἤ μήπως εἶν' ἐκείν' ἡ ἱστορία
ἀληθινή, πού ἀνελήφθηκε στήν Κρήτη,
στό ἀρχαῖο τῆς Δικτύννης ἱερόν.—
Ἀλλ' ὅμως ἔχουμε τήν θαυμασία,
τήν ὑπερφυσικήν ἐμφάνισί του
εἰς ἕναν νέον σπουδαστή στά Τύανα.—
Ἴσως δέν ἦλθεν ὁ καιρός γιά νά ἐπιστρέψει,
γιά νά φανερωθεῖ στόν κόσμο πάλι·
ἤ μεταμορφωμένος, ἴσως, μεταξύ μας
γυρίζει ἀγνώριστος.— Μά θά ξαναφανερωθεῖ
ὡς ἤτανε, διδάσκοντας τά ὀρθά· καί τότε βέβαια
θά ἐπαναφέρει τήν λατρεία τῶν θεῶν μας,
καί τές καλαίσθητες ἑλληνικές μας τελετές.»

Ἔτσι ἐρέμβαζε στήν πενιχρή του κατοικία —
μετά μιά ἀνάγνωσι τοῦ Φιλοστράτου
«Τά ἐς τόν Τυανέα Ἀπολλώνιον» —
ἕνας ἀπό τούς λίγους ἐθνικούς,
τούς πολύ λίγους πού εἶχαν μείνει. Ἄλλωστε — ἀσήμαντος

SE MORREU, DE FATO

"O Sábio furtou-se ao convívio. Onde é o seu retiro?
Após sucessivos prodígios,
o renome de sua didascália
atinge todos os quadrantes,
e ele se ausenta sem aviso prévio,
sem que ninguém nos assegure seu destino
(sua lápide continua um ponto de interrogação).
Segundo algumas versões, teria morrido em Éfeso,
mas Dámis cala o episódio: nenhuma
linha Dámis nos deixou sobre o passamento de Apolônio.
Houve quem garantisse: em Lindos,
o viram pela vez derradeira.
Teria alçado, céu-acima, em Creta,
reza a lenda – verídica? –
no templo antigo de Díctina.
O que temos é a embasbacante
aparição (coisa do outro mundo)
ao moço que se aprimorava em Tiana.
Quem sabe faltou oportunidade
para o mundo vislumbrar o seu retorno,
se não perambular em nosso meio,
incógnito em outra figura. Mas seu reaparecimento
terá um rumo, a doutrina da justiça. E
reinstaura o culto dos numes nossos,
a finura do cerimonial helênico."

Tal era o devaneio no mísero habitáculo,
concluída a leitura de Filóstrato,
"Apolônio de Tiana, sua existência",
um dos raros pagãos,
raríssimos, sobrevivos. Aliás,

ἄνθρωπος καί δειλός — στό φανερόν
ἔκανε τόν Χριστιανό κι αὐτός κ' ἐκκλησιάζονταν.
Ἦταν ἡ ἐποχή καθ' ἥν βασίλευεν,
ἐν ἄκρᾳ εὐλαβείᾳ, ὁ γέρων Ἰουστῖνος,
κ' ἡ Ἀλεξάνδρεια, πόλις θεοσεβής,
ἀθλίους εἰδωλολάτρας ἀποστρέφονταν.

homem retraído, de pouca visibilidade – um cristão
diante de terceiros, assíduo também ele na igreja.
Era a época do reinado de extrema devoção
de Justino, o geronte;
e Alexandria, pólis pia,
execrava os miseráveis, adeptos da idolatria.

ΝΕΟΙ ΤΗΣ ΣΙΔΩΝΟΣ (400 Μ.Χ.) [1920]

Ὁ ἠθοποιός πού ἔφεραν γιά νά τούς διασκεδάσει
ἀπήγγειλε καί μερικά ἐπιγράμματα ἐκλεκτά.

Ἡ αἴθουσα ἄνοιγε στόν κῆπο ἐπάνω·
κ' εἶχε μιάν ἐλαφρά εὐωδία ἀνθέων
πού ἑνώνονταν μέ τά μυρωδικά
τῶν πέντε ἀρωματισμένων Σιδωνίων νέων.

Διαβάσθηκαν Μελέαγρος, καί Κριναγόρας, καί Ριανός.
Μά σάν ἀπήγγειλεν ὁ ἠθοποιός,
«Αἰσχύλον Εὐφορίωνος Ἀθηναῖον τόδε κεύθει—»
(τονίζοντας ἴσως ὑπέρ τό δέον
τό «ἀλκήν δ' εὐδόκιμον», τό «Μαραθώνιον ἄλσος»),
πετάχθηκεν εὐθύς ἕνα παιδί ζωηρό,
φανατικό γιά γράμματα, καί φώναξε·

«Ἆ δέν μ' ἀρέσει τό τετράστιχον αὐτό.
Ἐκφράσεις τοιούτου εἴδους μοιάζουν κάπως σάν λιποψυχίες.
Δῶσε — κηρύττω — στό ἔργον σου ὅλην τήν δύναμί σου,
ὅλην τήν μέριμνα, καί πάλι τό ἔργον σου θυμήσου
μές στήν δοκιμασίαν, ἤ ὅταν ἡ ὥρα σου πιά γέρνει.
Ἔτσι ἀπό σένα περιμένω κι ἀπαιτῶ.
Κι ὄχι ἀπ' τόν νοῦ σου ὁλότελα νά βγάλεις
τῆς Τραγωδίας τόν Λόγο τόν λαμπρό —
τί Ἀγαμέμνονα, τί Προμηθέα θαυμαστό,
τί Ὀρέστου, τί Κασσάνδρας παρουσίες,
τί Ἑπτά ἐπί Θήβας — καί γιά μνήμη σου νά βάλεις
μ ό ν ο πού μές στῶν στρατιωτῶν τές τάξεις, τόν σωρό
πολέμησες καί σύ τόν Δᾶτι καί τόν Ἀρταφέρνη.»

MOÇOS DE SÍDON (400 D.C.)

O ator conduzido devia entretê-los
com uma recolta de epigramas.

A sala se descortina para o jardim,
de onde a sutileza do arômata floral
confunde-se com a ambrosia
de cinco neo-sidônios, todo-eflúvio.

A leitura passou por Meleagro, Crinágoras, Rianós.
Mas quando o recitador profere
"Ésquilo, o ateniense, filho de Eufórion,
jaz neste ponto" (com ênfase talvez indevida
na "bravura reputadérrima" e no "recanto sacro
[de Maratona"),
um novato intempestivo, obcecado por escrituras,
[se apruma
e grita:

"Me dá engulhos essa quadra!
Expressões desse calibre pecam pela inconsistência.
Confere à tua obra – insisto! – o vigor do teu íntimo,
tua artesania! Deves rememorá-la nas fases
negras ou no estertor do teu ciclo.
Não se trata de um conselho, mas de exigência!
Não venhas debulhar de tua memória
a linguagem da tragédia, rútila –
Ó Agamêmnon! Ó Prometeu embasbacante!
Ó lampejos de Orestes e Cassandra!
Ó Sete avessos a Tebas! Implanta em teu recordo
as fileiras, a turba do tropel,
aliados teus contrários a Dátis e Artafernes."

ΑΝΝΑ ΚΟΜΝΗΝΗ [1920]

Στόν πρόλογο τῆς 'Αλεξιάδος της θρηνεῖ,
γιά τήν χηρεία της ἡ Ἄννα Κομνηνή.

Εἰς ἴλιγγον εἶν' ἡ ψυχή της. «Καί
ρείθροις δακρύων», μᾶς λέγει, «περιτέγγω
τούς ὀφθαλμούς... Φεῦ τῶν κυμάτων» τῆς ζωῆς της,
«φεῦ τῶν ἐπαναστάσεων». Τήν καίει ἡ ὀδύνη
«μέχρις ὀστέων καί μυελῶν καί μερισμοῦ ψυχῆς».

Ὅμως ἡ ἀλήθεια μοιάζει πού μιά λύπη μόνην
καιρίαν ἐγνώρισεν ἡ φίλαρχη γυναῖκα·
ἕναν καϋμό βαθύ μονάχα εἶχε
(κι ἄς μήν τ' ὁμολογεῖ) ἡ ἀγέρωχη αὐτή Γραικιά,
πού δέν κατάφερε, μ' ὅλην τήν δεξιότητά της,
τήν Βασιλείαν ν' ἀποκτήσει· μά τήν πῆρε
σχεδόν μέσ' ἀπ' τά χέρια της ὁ προπετής 'Ιωάννης.

ANA COMNENA

Ana Comnena esconjura a viuvez
no introito à sua *Alexíada*.

Confusão psíquica. "Lágrimas aos borbotões",
relata-nos, "vertem-me
os olhos... Ah! Quanto escarcéu vivido,
quanta reviravolta! A dor tritura
os ossos até a medula, fissura a ânima."

Mas àquela fêmea filomandatária
uma dor, uma única, abalara;
uma amargura apenas (embora a calasse)
acabrunha a grega altaneira:
fracassa (e não carecia de dotes)
na tomada do trono. Quase na palma
de suas mãos, João o sequestra, o topetudo!

Ο ΔΑΡΕΙΟΣ [1920]

Ὁ ποιητής Φερνάζης τό σπουδαῖον μέρος
τοῦ ἐπικοῦ ποιήματός του κάμνει.
Τό πῶς τήν βασιλεία τῶν Περσῶν
παρέλαβε ὁ Δαρεῖος Ὑστάσπου. (Ἀπό αὐτόν
κατάγεται ὁ ἔνδοξός μας βασιλεύς,
ὁ Μιθριδάτης, Διόνυσος κ' Εὐπάτωρ). Ἀλλ' ἐδῶ
χρειάζεται φιλοσοφία· πρέπει ν' ἀναλύσει
τά αἰσθήματα πού θά εἶχεν ὁ Δαρεῖος:
ἴσως ὑπεροψίαν καί μέθην· ὄχι ὅμως — μᾶλλον
σάν κατανόησι τῆς ματαιότητος τῶν μεγαλείων.
Βαθέως σκέπτεται τό πρᾶγμα ὁ ποιητής.

Ἀλλά τόν διακόπτει ὁ ὑπηρέτης του πού μπαίνει
τρέχοντας, καί τήν βαρυσήμαντην εἴδησι ἀγγέλλει.
Ἄρχισε ὁ πόλεμος μέ τούς Ρωμαίους.
Τό πλεῖστον τοῦ στρατοῦ μας πέρασε τά σύνορα.

Ὁ ποιητής μένει ἐνεός. Τί συμφορά!
Ποῦ τώρα ὁ ἔνδοξός μας βασιλεύς,
ὁ Μιθριδάτης, Διόνυσος κ' Εὐπάτωρ,
μ' ἑλληνικά ποιήματα ν' ἀσχοληθεῖ.
Μέσα σέ πόλεμο — φαντάσου, ἑλληνικά ποιήματα.

Ἀδημονεῖ ὁ Φερνάζης. Ἀτυχία!
Ἐκεῖ πού τό εἶχε θετικό μέ τόν «Δαρεῖο»
ν' ἀναδειχθεῖ, καί τούς ἐπικριτάς του,
τούς φθονερούς, τελέιωτικά ν' ἀποστομώσει.
Τί ἀναβολή, τί ἀναβολή στά σχέδιά του.

Καί νἆταν μόνο ἀναβολή, πάλι καλά.
Ἀλλά νά δοῦμε ἄν ἔχουμε κι ἀσφάλεια

DARIO

Fernazes, o poeta, empenha-se no entrecho
fulcral de seu poema épico,
no modo pelo qual Dario, filho de Histaspes,
arresta o reino pérsico. (Nosso magno basileu
dele descende, Mitridates, Dioniso e Eupátor).
Mas a questão requer filosofia –
qual o sentido da estesia de Dario?
Soberba? Ebriez? Talvez tão só lucidez
sobre a vanidade da empresa enorme.
O tema absorve o poeta.

Esbaforido, um fâmulo interrompe-o,
gravoso mensageiro:
explode a guerra com romanos;
o grosso do tropel cruzou os confins.

O poeta aturde. Que fado infausto!
Nosso rei magnânimo, como fará agora
Mitridates, Dioniso e Eupátor
com seus poemas helênicos?
Imagine! Em plena guerra, poemas gregos!

Fernazes baqueia. Que mau destino!
Tinha por certo impor-se aos detratores
com "Dario",
dar um basta à emulação da crítica.
Desígnio – e que desígnio! – postergado.

Fora apenas um problema de retardo!
Consideremos se Amiso é efetivamente

στήν 'Αμισό. Δέν εἶναι πολιτεία ἐκτάκτως ὀχυρή.
Εἶναι φρικτότατοι ἐχθροί οἱ Ρωμαῖοι.
Μποροῦμε νά τά βγάλουμε μ' αὐτούς,
οἱ Καππαδόκες; Γένεται ποτέ;
Εἶναι νά μετρηθοῦμε τώρα μέ τές λεγεῶνες;
Θεοί μεγάλοι, τῆς 'Ασίας προστάται, βοηθῆστε μας.—

"Ομως μές σ' ὅλη του τήν ταραχή καί τό κακό,
ἐπίμονα κ' ἡ ποιητική ἰδέα πάει κ' ἔρχεται —
τό πιθανότερο εἶναι, βέβαια, ὑπεροψίαν καί μέθην·
ὑπεροψίαν καί μέθην θά εἶχεν ὁ Δαρεῖος.

imune à pugna. Suas muralhas não primam pela solidez.
Os romanos são opositores periculosos.
Temos estofo, nós, os capadócios,
para encará-los, frente a frente? Será viável?
Medir força com as legiões? Nós?
Que os grandes deuses da Ásia nos resguardem!

Mas, em meio ao turbinoso caos do íntimo,
obceca-o a ideia da poesia, vai e vem –
sim, soberba e ebriez;
soberba e ebriez se assenhoram de Dario.

ΕΥΝΟΙΑ ΤΟΥ ΑΛΕΞΑΝΔΡΟΥ ΒΑΛΑ [1921]

Ἄ δέν συγχίζομαι πού ἔσπασε μιά ρόδα
τοῦ ἁμαξιοῦ, καί πού ἔχασα μιά ἀστεία νίκη.
Μέ τά καλά κρασιά, καί μές στά ὡραῖα ρόδα
τήν νύχτα θά περάσω. Ἡ Ἀντιόχεια μέ ἀνήκει.
Εἶμαι ὁ νέος ὁ πιό δοξαστός.
Τοῦ Βάλα εἶμ' ἐγώ ἡ ἀδυναμία, ὁ λατρευτός.
Αὔριο, νά δεῖς, θά ποῦν πώς ὁ ἀγών δέν ἔγινε σωστός.
(Μά ἄν ἤμουν ἀκαλαίσθητος, κι ἄν μυστικά τό εἶχα προστάξει —
θἄβγαζαν πρῶτο, οἱ κόλακες, καί τό κουτσό μου ἁμάξι).

ALEXANDRE BALAS, O BENÉVOLO

Ah! Não me enerva a rachadura de uma roda
no coche ou o malogro da ventura frívola.
Com vinhos rúbeos e rosas entreabertas
pernoito. Tenho a posse de Antióquia.
Ninguém, entre os núbios, é mais incensado.
Balas por mim combale, me idolatra.
À aurora, alegam vício no concurso. Podes me cobrar!
(Fora eu rude, afeito a recados furtivos,
bajuladores premiariam meu coche, mesmo no eixo).

ΒΥΖΑΝΤΙΝΟΣ ΑΡΧΩΝ, ΕΞΟΡΙΣΤΟΣ, ΣΤΙΧΟΥΡΓΩΝ [1921]

Οἱ ἐλαφροί ἄς μέ λέγουν ἐλαφρόν.
Στά σοβαρά πράγματα ἤμουν πάντοτε
ἐπιμελέστατος. Καί θά ἐπιμείνω,
ὅτι κανείς καλλίτερά μου δέν γνωρίζει
Πατέρας ἤ Γραφάς, ἤ τούς Κανόνας τῶν Συνόδων.
Εἰς κάθε ἀμφιβολίαν του ὁ Βοτανειάτης,
εἰς κάθε δυσκολίαν στά ἐκκλησιαστικά,
ἐμένα συμβουλεύονταν, ἐμένα πρῶτον.
Ἀλλά ἐξόριστος ἐδῶ (νά ὄψεται ἡ κακεντρεχής
Εἰρήνη Δούκαινα), καί δεινῶς ἀνιῶν,
οὐδόλως ἄτοπον εἶναι νά διασκεδάζω
ἑξάστιχα κι ὀκτάστιχα ποιῶν —
νά διασκεδάζω μέ μυθολογήματα
Ἑρμοῦ, καί Ἀπόλλωνος, καί Διονύσου,
ἤ ἡρώων τῆς Θεσσαλίας καί τῆς Πελοποννήσου·
καί νά συνθέτω ἰάμβους ὀρθοτάτους,
ὅπως — θά μ' ἐπιτρέψετε νά πῶ — οἱ λόγιοι
τῆς Κωνσταντινουπόλεως δέν ξέρουν νά συνθέσουν.
Αὐτή ἡ ὀρθότης, πιθανόν, εἶν' ἡ αἰτία τῆς μομφῆς.

UM ARCONTE BIZANTINO, POETA NO EXÍLIO

Não me incomoda o arroubo de um estroina: "estroina!"
Jamais titubeei em temas de jaez.
E ratifico minha sapiência mor
em Santos Padres, Escrituras, Cânones dos Sínodos.
Botaniates consultava-me – era seu hábito –
no drama do dilema,
na angústia da aporia,
quando o conteúdo era a eclesia. A mim, primeiro.
Mas, refugo em meu país, aqui (Irene Ducas, a pulha,
que alguém a puna!), no tédio mais profundo,
o desfrute das oitavas e sextinas
não é um despautério –
desfrute com mitologia hermética, apolínea,
dionisíaca,
com heroicos tessálios e peloponésios.
Absorto, burilo o jambo,
aborto em mãos livrescas (ouso dizê-lo)
de Constantinopla.
Talento assim, quem sabe, valeu-me o veto.

ΤΕΧΝΟΥΡΓΟΣ ΚΡΑΤΗΡΩΝ [1921]

Εἰς τόν κρατῆρα αὐτόν ἀπό ἁγνόν ἀσῆμι —
πού γιά τοῦ Ἡρακλείδη ἔγινε τήν οἰκία,
ἔνθα καλαισθησία πολλή ἐπικρατεῖ —
ἰδού ἄνθη κομψά, καί ρύακες, καί θύμοι,
κ᾽ ἔθεσα ἐν τῷ μέσῳ ἕναν ὡραῖον νέον,
γυμνόν, ἐρωτικόν· μές στό νερό τήν κνήμη
τήν μιά του ἔχει ἀκόμη.— Ἱκέτευσα, ὦ μνήμη,
νά σ᾽ εὕρω βοηθόν ἀρίστην, γιά νά κάμω
τοῦ νέου πού ἀγαποῦσα τό πρόσωπον ὡς ἦταν.
Μεγάλη ἡ δυσκολία ἀπέβη ἐπειδή
ὥς δέκα πέντε χρόνια πέρασαν ἀπ᾽ τήν μέρα
πού ἔπεσε, στρατιώτης, στῆς Μαγνησίας τήν ἧτταν.

ARTISTA DE CRATERAS

Na cratera pura prata
fatura em prol do solar Heracleide
o gosto súpero avulta:
vê! flores pulcras arroios, arbustos,
no núcleo o sumo púbere,
nu, erótico; uma perna sub
merge na água ainda. Ó memória,
em meus rogos, eras arrimo ótimo! Queria a figura
do novato benquisto, seu rosto, ícone exato.
Empresa sobre difícil: quinze anos,
quase, nos separam da jornada
em que derruiu na pugna de Magnésia, em pleno ofício.

ΑΠΟ ΤΗΝ ΣΧΟΛΗΝ ΤΟΥ ΠΕΡΙΩΝΥΜΟΥ ΦΙΛΟΣΟΦΟΥ [1921]

Ἔμεινε μαθητής τοῦ Ἀμμωνίου Σακκᾶ δυό χρόνια·
ἀλλά βαρέθηκε καί τήν φιλοσοφία καί τόν Σακκᾶ.

Κατόπι μπῆκε στά πολιτικά.
Μά τά παραίτησεν. Ἦταν ὁ Ἔπαρχος μωρός·
κ' οἱ πέριξ του ξόανα ἐπίσημα καί σοβαροφανῆ·
τρισβάρβαρα τά ἑλληνικά των, οἱ ἄθλιοι.

Τήν περιέργειάν του εἵλκυσε
κομμάτ' ἡ Ἐκκλησία· νά βαπτισθεῖ
καί νά περάσει Χριστιανός. Μά γρήγορα
τήν γνώμη του ἄλλαξε. Θά κάκιωνε ἀσφαλῶς
μέ τούς γονεῖς του, ἐπιδεικτικά ἐθνικούς·
καί θά τοῦ ἔπαυαν — πρᾶγμα φρικτόν —
εὐθύς τά λίαν γενναῖα δοσίματα.

Ἔπρεπεν ὅμως καί νά κάμει κάτι. Ἔγινε ὁ θαμών
τῶν διεφθαρμένων οἴκων τῆς Ἀλεξανδρείας,
κάθε κρυφοῦ καταγωγίου κραιπάλης.

Ἡ τύχη τοῦ ἐφάν' εἰς τοῦτο εὐμενής·
τόν ἔδωσε μορφήν εἰς ἄκρον εὐειδῆ.
Καί χαίρονταν τήν θείαν δωρεάν.

Τουλάχιστον γιά δέκα χρόνια ἀκόμη
ἡ καλλονή του θά διαρκοῦσεν. Ἔπειτα —
ἴσως ἐκ νέου στόν Σακκᾶ νά πήγαινε.
Κι ἄν ἐν τῷ μεταξύ ἀπέθνησκεν ὁ γέρος,
πήγαινε σ' ἄλλου φιλοσόφου ἤ σοφιστοῦ·
πάντοτε βρίσκεται κατάλληλος κανείς.

DA ESCOLA DO FILÓSOFO FAMOSO

Seguiu os passos de Amônio Saccás por dois anos;
mas sua filosofia o entediou. Saccás e sua filosofia.

Envolveu-se então na política,
mas reconsiderou. Eparco encarnava o estulto;
e os de seu círculo, imbecis altivos, posavam de impolutos.
Precário era o grego desses miseráveis, bárbaro.

A igreja chegou a despertar
sua atenção: batizar-se,
virar cristão? Não insistiu, porém,
nessa via. Os pais eram demasiadamente
pagãos; arrumaria briga com eles,
e da mesada polpuda – que terrível! –
logo o tolheriam.

Mas tinha de tomar uma atitude. Tornou-se *habitué*
de endereços decaídos em Alexandria,
cada canto onde se ocultava a orgia.

Uma dádiva lhe dera o destino:
dotara-o de um rosto de beleza exímia.
E ele curtia esse dom divino.

Uma década pelo menos
de beldade. Depois,
quem sabe fosse atrás de Saccás.
Se não mais estivesse entre nós, vivo,
procuraria outro filósofo, outro sofista:
sempre se acha alguém com perfil propício.

Ἤ τέλος, δυνατόν καί στά πολιτικά
νά ἐπέστρεφεν — ἀξιεπαίνως ἐνθυμούμενος
τές οἰκογενειακές του παραδόσεις,
τό χρέος πρός τήν πατρίδα, κι ἄλλα ἠχηρά παρόμοια.

Ou voltaria para a política? Não via com maus olhos
o histórico da família,
cumpridora dos deveres cívicos,
e a pompa de coisas afins.

ΠΡΟΣ ΤΟΝ ΑΝΤΙΟΧΟΝ ΕΠΙΦΑΝΗ [1922]

Ὁ νέος Ἀντιοχεύς εἶπε στόν βασιλέα,
«Μές τήν καρδιά μου πάλλει μιά προσφιλής ἐλπίς·
οἱ Μακεδόνες πάλι, Ἀντίοχε Ἐπιφανῆ,
οἱ Μακεδόνες εἶναι μές στήν μεγάλη πάλη.
Ἄς ἦ τ α ν νά νικήσουν — καί σ' ὅποιον θέλει δίδω
τόν λέοντα καί τούς ἵππους, τόν Πᾶνα ἀπό κοράλλι,
καί τό κομψό παλάτι, καί τούς ἐν Τύρῳ κήπους,
κι ὅσ' ἄλλα μ' ἔχεις δώσει, Ἀντίοχε Ἐπιφανῆ.»

Ἴσως νά συγκινήθη κομμάτι ὁ βασιλεύς.
Μά πάραυτα θυμήθη πατέρα κι ἀδελφόν,
καί μήτε ἀπεκρίθη. Μποροῦσε ὠτακουστής
νά ἐπαναλάβει κάτι.— Ἄλλωστε, ὡς φυσικόν,
ταχέως ἐπῆλθε εἰς Πύδναν ἡ ἀπαισία λῆξις.

A ANTÍOCO EPÍFANES

Em Antióquia, o rapaz fala ao basileu:
"no coração palpita a chance alvíssara;
os macedônios, Antíoco Epífanes, os macedônios
retomam a mega lide.
Vitoriosos, quem quiser aufira
leão e corcéis o Pã coralino
o solar sublime os cômoros de Tiro,
teus dons que avultam, Antíoco Epífanes!"

O basileu cedia à comoção.
Mas rememora pai e irmão
e cala. O que dissesse
um intruso delataria? Aliás, impõe-se logo
o previsível em Pidna: a ruína do epílogo.

ΘΕΑΤΡΟΝ ΤΗΣ ΣΙΔΩΝΟΣ (400 Μ.Χ.) [1923]

Πολίτου ἐντίμου υἱός — πρό πάντων, εὐειδής
ἔφηβος τοῦ θεάτρου, ποικίλως ἀρεστός,
ἐνίοτε συνθέτω ἐν γλώσσῃ ἑλληνικῇ
λίαν εὐτόλμους στίχους, πού τούς κυκλοφορῶ
πολύ κρυφά, ἐννοεῖται — θεοί! νά μήν τούς δοῦν
οἱ τά φαιά φοροῦντες, περί ἠθικῆς λαλοῦντες —
στίχους τῆς ἡδονῆς τῆς ἐκλεκτῆς, πού πηαίνει
πρός ἄγονην ἀγάπη κι ἀποδοκιμασμένη.

TEATRO DE SÍDON (400 D.C.)

Pai probo, púbere esbelto
no palco, pluriadorável,
versejador eventual em grego,
assaz audaz, de mão em mão
divulgo-os (me poupo) não os leia
o veste-gris pregador do useiro,
versos de puro êxtase, estéril
eros: ao ad verso apraz o veto.

ΤΟ 31 Π.Χ. ΣΤΗΝ ΑΛΕΞΑΝΔΡΕΙΑ [1924]

'Απ' τήν μικρή του, στά περίχωρα πλησίον, κώμη,
καί σκονισμένος ἀπό τό ταξεῖδι ἀκόμη

ἔφθασεν ὁ πραγματευτής. Καί «Λίβανον!» καί «Κόμμι!»
«Ἄριστον Ἔλαιον!» «Ἄρωμα γιά τήν κόμη!»

στούς δρόμους διαλαλεῖ. 'Αλλ' ἡ μεγάλη ὀχλοβοή,
κ' ἡ μουσικές, κ' ἡ παρελάσεις ποῦ ἀφίνουν ν' ἀκουσθεῖ.

Τό πλῆθος τόν σκουντᾶ, τόν σέρνει, τόν βροντᾶ.
Κι ὅταν πιά τέλεια σαστισμένος, «Τί εἶναι ἡ τρέλλα αὐτή;» ρωτᾶ,

ἕνας τοῦ ρίχνει κι αὐτουνοῦ τήν γιγαντιαία ψευτιά
τοῦ παλατιοῦ — πού στήν Ἑλλάδα ὁ 'Αντώνιος νικᾶ.

ALEXANDRIA, 31 A.C.

De sua micro (às margens do lugar)
aldeia, o biscateiro quase a arfar

com tanto pó: "Incenso!" "Goma!" "Azeite
fino!" "Perfume capilar: aceite!"

grita ao léu. Quem o escuta? Tanta gente,
cortejo, som! O que há de tão premente?

A turba o arrasta, engole, o leva ao chão.
Apoplético, indaga à contramão:

"O que há?" Ouve a mentira que o palácio
propaga: Antônio vence os gregos, fácil.

ΑΠΟ ΥΑΛΙ ΧΡΩΜΑΤΙΣΤΟ [1925]

Πολύ μέ συγκινεῖ μιά λεπτομέρεια
στήν στέψιν, ἐν Βλαχέρναις, τοῦ Ἰωάννη Καντακουζηνοῦ
καί τῆς Εἰρήνης Ἀνδρονίκου Ἀσάν.
Ὅπως δέν εἶχαν παρά λίγους πολυτίμους λίθους
(τοῦ ταλαιπώρου κράτους μας ἦταν μεγάλ' ἡ πτώχεια)
φόρεσαν τεχνητούς. Ἕνα σωρό κομμάτια ἀπό ὑαλί,
κόκκινα, πράσινα ἤ γαλάζια. Τίποτε
τό ταπεινόν ἤ τό ἀναξιοπρεπές
δέν ἔχουν κατ' ἐμέ τά κομματάκια αὐτά
ἀπό ὑαλί χρωματιστό. Μοιάζουνε τουναντίον
σάν μιά διαμαρτυρία θλιβερή
κατά τῆς ἄδικης κακομοιριᾶς τῶν στεφομένων.
Εἶναι τά σύμβολα τοῦ τί ἥρμοζε νά ἔχουν,
τοῦ τί ἐξ ἅπαντος ἦταν ὀρθόν νά ἔχουν
στήν στέψι των ἕνας Κύρ Ἰωάννης Καντακουζηνός,
μιά Κυρία Εἰρήνη Ἀνδρονίκου Ἀσάν.

DE VIDRO COLORIDO

Um aspecto da coroação, em Blaquerna, de João Cantacouzeno
e de Irene, filha de Andronico Asán,
assaz me consterna.
Dinheiro curto para o luxo de profusas pedrarias
(mega penúria dizima nosso Estado infausto),
incrustam falsas. Miríades de partículas vítreas,
rubras, gázeas, azulinas. Esses microvidros
que cintilam não desabonam ninguém,
não são um acinte, antes
se insurgem tristes,
avessos à moiramarga
de estefânios,
imerecida.
Simbolizam o cabível,
dom adequado ao coroamento
de um grão João Cantacouzeno,
de uma grã Irene, filha de Andronico Asán.

ΑΠΟΛΛΩΝΙΟΣ Ο ΤΥΑΝΕΥΣ ΕΝ ΡΟΔΩ [1925]

Γιά τήν ἁρμόζουσα παίδευσι κι ἀγωγή
ὁ ᾽Απολλώνιος ὁμιλοῦσε μ᾽ ἕναν
νέον πού ἔκτιζε πολυτελῆ
οἰκίαν ἐν Ρόδῳ. «᾽Εγώ δέ ἐς ἱερόν»
εἶπεν ὁ Τυανεύς στό τέλος «παρελθών
πολλῷ ἄν ἥδιον ἐν αὐτῷ μικρῷ
ὄντι ἄγαλμα ἐλέφαντός τε καί χρυσοῦ
ἴδοιμι ἤ ἐν μεγάλῳ κεραμεοῦν τε καί φαῦλον.»—

Τό «κεραμεοῦν» καί «φαῦλον»· τό σιχαμερό:
πού κιόλας μερικούς (χωρίς προπόνησι ἀρκετή)
ἀγυρτικῶς ἐξαπατᾶ. Τό κεραμεοῦν καί φαῦλον.

APOLÔNIO DE TIANA EM RODES

Apolônio parlamentava com um arquiteto
novato, autor de um projeto em Rodes,
solar suntuoso. O tema era a instrução adequada,
os fundamentos. "Quando adentro num templo",
disse o tianeu sem titubeio,
"apraz-me vislumbrar em seu espaço exíguo
a estátua de marfim, dourada,
bem mais do que a modelada em cerâmica
barata
no gigantesco."–

Traste é a manufatura em "cerâmica barata";
e o que é pior: há quem se engane, incauto,
e engula o engodo, em cerâmica barata!

ΕΝ ΔΗΜῼ ΤΗΣ ΜΙΚΡΑΣ ΑΣΙΑΣ [1926]

Ἡ εἰδήσεις γιά τήν ἔκβασι τῆς ναυμαχίας, στό Ἄκτιον,
ἦσαν βεβαίως ἀπροσδόκητες.
Ἀλλά δέν εἶναι ἀνάγκη νά συντάξουμε νέον ἔγγραφον.
Τ' ὄνομα μόνον ν' ἀλλαχθεῖ. Ἀντίς, ἐκεῖ
στές τελευταῖες γραμμές, «Λυτρώσας τούς Ρωμαίους
ἀπ' τόν ὀλέθριον Ὀκτάβιον,
τόν δίκην παρωδίας Καίσαρα,»
τώρα θά βάλουμε «Λυτρώσας τούς Ρωμαίους
ἀπ' τόν ὀλέθριον Ἀντώνιον».
Ὅλο τό κείμενον ταιριάζει ὡραῖα.

«Στόν νικητήν, τόν ἐνδοξότατον,
τόν ἐν παντί πολεμικῷ ἔργῳ ἀνυπέρβλητον,
τόν θαυμαστόν ἐπί μεγαλουργίᾳ πολιτικῇ,
ὑπέρ τοῦ ὁποίου ἐνθέρμως εὔχονταν ὁ δῆμος·
τήν ἐπικράτησι τοῦ Ἀντωνίου»
ἐδῶ, ὅπως εἴπαμεν, ἡ ἀλλαγή: «τοῦ Καίσαρος
ὡς δῶρον τοῦ Διός κάλλιστον θεωρῶν —
στόν κραταιό προστάτη τῶν Ἑλλήνων,
τόν ἔθη ἑλληνικά εὐμενῶς γεραίροντα,
τόν προσφιλῆ ἐν πάσῃ χώρᾳ ἑλληνικῇ,
τόν λίαν ἐνδεδειγμένον γιά ἔπαινο περιφανῆ,
καί γιά ἐξιστόρησι τῶν πράξεών του ἐκτενῆ
ἐν λόγῳ ἑλληνικῷ κ' ἐμμέτρῳ καί πεζῷ·
ἐν λόγῳ ἑ λ λ η ν ι κ ῷ πού εἶν' ὁ φορεύς τῆς φήμης,»
καί τά λοιπά, καί τά λοιπά. Λαμπρά ταιριάζουν ὅλα.

NUM DEMO DA ÁSIA MENOR

A novidade sobre o desenlace da guerra naval em Áccio
nos pegara de surpresa.
Mas é ociosa a redação de um texto diverso.
Basta a alteração do nome. No desfecho,
em lugar de "Tendo poupado Roma de Otávio,
o funesto,
um César com um quê de paródico",
inscrevemos "Tendo poupado Roma de Antônio,
o funesto."
O teor continua válido.

"Ao arrebatador, ao número um,
ao indobrável em toda e qualquer rusga,
ao ínclito realizador no campo da política,
a Antônio, em quem nosso demo
depositava todas as esperanças",
nesse ponto, como o dissemos, o câmbio: "ao César,
verdadeira premiação de Zeus,
à muralha inquebrantável para os gregos,
a quem propugna, gentil, o estilo de vida grego,
ao queridíssimo em todos os quadrantes gregos,
ao mais qualificado para os louvores rútilos
(incluindo delongas narrativas de seus prodígios),
em língua grega (prosa & poesia),
em língua grega (sinônimo de renome)"
etc., etc. E tudo fica nos conformes.

Η ΑΡΡΩΣΤΙΑ ΤΟΥ ΚΛΕΙΤΟΥ [1926]

Ὁ Κλεῖτος, ἕνα συμπαθητικό
παιδί, περίπου εἴκοσι τριῶ ἐτῶν —
μέ ἀρίστην ἀγωγή, μέ σπάνια ἑλληνομάθεια —
εἶν' ἄρρωστος βαρειά. Τόν ηὗρε ὁ πυρετός
πού φέτος θέρισε στήν Ἀλεξάνδρεια.

Τόν ηὗρε ὁ πυρετός ἐξαντλημένο κιόλας ἠθικῶς
ἀπ' τόν καϋμό πού ὁ ἑταῖρος του, ἕνας νέος ἠθοποιός,
ἔπαυσε νά τόν ἀγαπᾶ καί νά τόν θέλει.

Εἶν' ἄρρωστος βαρειά, καί τρέμουν οἱ γονεῖς του.

Καί μιά γρηά ὑπηρέτρια πού τόν μεγάλωσε,
τρέμει κι αὐτή γιά τήν ζωή τοῦ Κλείτου.
Μές στήν δεινήν ἀνησυχία της
στόν νοῦ της ἔρχεται ἕνα εἴδωλο
πού λάτρευε μικρή, πρίν μπεῖ αὐτοῦ, ὑπηρέτρια,
σέ σπίτι Χριστιανῶν ἐπιφανῶν, καί χριστιανέψει.
Παίρνει κρυφά κάτι πλακούντια, καί κρασί, καί μέλι.
Τά πάει στό εἴδωλο μπροστά. Ὅσα θυμᾶται μέλη
τῆς ἱκεσίας ψάλλει· ἄκρες, μέσες. Ἡ κουτή
δέν νοιώθει πού τόν μαῦρον δαίμονα λίγο τόν μέλει
ἄν γιάνει ἤ ἄν δέν γιάνει ἕνας Χριστιανός.

CLITO, ADOECIDO

Clito, rapaz gentil,
beirando os vinte e três anos,
educação primorosa, exímio em grego,
sofre de enfermidade grave. A febre o abate,
a mesma que, no ano em curso, arruína Alexandria.

A febre o abate, bem agora que o desgosto já
o derrubara, quando o amigo, ator novato,
não mais o quis, cansou de amá-lo.

A enfermidade é grave e aturde os genitores.

Aturde também a fâmula senil,
responsável por ele desde sempre.
No auge do desconforto,
lhe vem à mente um ídolo que, infante,
idolatrava, antes de, servil,
ingressar no lar de cristãos probos, antes de cristianizar-se.
Sorrateira, apodera-se de uns biscoitos, vinho e mel.
Deposita-os à beira-ídolo. Entoa ladainhas súplices,
rememoradas tangencialmente. A tola não se apercebe
de que ao dâimon fusco é igual
se um cristão recobra ou não sua saúde.

ΑΝΝΑ ΔΑΛΑΣΣΗΝΗ [1927]

Εἰς τό χρυσόβουλλον πού ἔβγαλ' ὁ Ἀλέξιος Κομνηνός
γιά νά τιμήσει τήν μητέρα του ἐπιφανῶς,
τήν λίαν νοήμονα Κυρίαν Ἄννα Δαλασσηνή —
τήν ἀξιόλογη στά ἔργα της, στά ἤθη —
ὑπάρχουν διάφορα ἐγκωμιαστικά:
ἐδῶ ἄς μεταφέρουμε ἀπό αὐτά
μιά φράσιν ἔμορφην, εὐγενική
«Οὐ τό ἐμόν ἤ τό σόν, τό ψυχρόν τοῦτο ρῆμα, ἐρρήθη».

ANA DALASSENA

Em bula ouro, Aléxios Comneno inscreve a pompa
de um encômio a Ana Dalassena, dama serena,
sua mãe,
ínclita fautora,
suprassumo na postura.
Do feixe de louvores,
traslado a sutileza de uma frase,
pura formosura:
"A aspereza de um *meu*, de um *teu*,
jamais se consentiu aquela boca."

ΗΓΗΜΩΝ ΕΚ ΔΥΤΙΚΗΣ ΛΙΒΥΗΣ [1928]

Ἄρεσε γενικῶς στήν Ἀλεξάνδρεια,
τές δέκα μέρες πού διέμεινεν αὐτοῦ,
ὁ ἡγεμών ἐκ Δυτικῆς Λιβύης
Ἀριστομένης, υἱός τοῦ Μενελάου.
Ὡς τ' ὄνομά του, κ' ἡ περιβολή, κοσμίως, ἑλληνική.
Δέχονταν εὐχαρίστως τές τιμές, ἀλλά
δέν τές ἐπιζητοῦσεν· ἦταν μετριόφρων.
Ἀγόραζε βιβλία ἑλληνικά,
ἰδίως ἱστορικά καί φιλοσοφικά.
Πρό πάντων δέ ἄνθρωπος λιγομίλητος.
Θἆταν βαθύς στές σκέψεις, διεδίδετο,
κ' οἱ τέτοιοι τὄχουν φυσικό νά μή μιλοῦν πολλά.

Μήτε βαθύς στές σκέψεις ἦταν, μήτε τίποτε.
Ἕνας τυχαῖος, ἀστεῖος ἄνθρωπος.
Πῆρε ὄνομα ἑλληνικό, ντύθηκε σάν τούς Ἕλληνας,
ἔμαθ' ἐπάνω, κάτω σάν τούς Ἕλληνας νά φέρεται·
κ' ἔτρεμεν ἡ ψυχή του μή τυχόν
χαλάσει τήν καλούτσικην ἐντύπωσι
μιλώντας μέ βαρβαρισμούς δεινούς τά ἑλληνικά,
κ' οἱ Ἀλεξανδρινοί τόν πάρουν στό ψιλό,
ὡς εἶναι τό συνήθειο τους, οἱ ἀπαίσιοι.

Γι' αὐτό καί περιορίζονταν σέ λίγες λέξεις,
προσέχοντας μέ δέος τές κλίσεις καί τήν προφορά·
κ' ἔπληττεν οὐχ ὀλίγον ἔχοντας
κουβέντες στοιβαγμένες μέσα του.

HEGÊMONE DA LÍBIA OCIDENTAL

Nos dez dias de sua estada em Alexandria,
deixou impressão positiva
o hegêmone da Líbia ocidental,
Aristômenes, filho de Menelau.
Com suas vestes combinava o nome: ambos discretos, à grega.
Não era um perquiridor de honrarias,
as quais, modesto, acolhia satisfeito.
Seu dispêndio concentrava em bibliografia grega,
no campo historiográfico e filosófico.
Era um sujeito de poucas palavras.
Cogitavam da profundeza de suas reflexões,
gente assim não é de abrir a boca.

Não eram profundas suas reflexões ou coisa que o valha.
Tratava-se de um ente corriqueiro, ridículo.
Assumiu denominação grega, indumentária grega,
absorveu aqui e ali certas posturas gregas;
sua ânima se pelava de medo
com a eventual reversão
da impressão positiva,
caso escorregasse no grego, com grotescos barbarismos,
e os alexandrinos, como de hábito,
seres abomináveis,
zombassem dele.

Esse o motivo de sua continência verbal,
obcecado, trêmulo, com declinações e prosódia.
Aporrinhava-o o fato de ecoar, reprimida,
dentro de si,
a profusão de vozes.

ΕΝ ΜΕΓΑΛῌ ΕΛΛΗΝΙΚῌ ΑΠΟΙΚΙᾼ, 200 Π.Χ. [1928]

Ὅτι τά πράγματα δέν βαίνουν κατ' εὐχήν στήν 'Αποικία
δέν μέν' ἡ ἐλαχίστη ἀμφιβολία,
καί μ' ὅλο πού ὁπωσοῦν τραβοῦμ' ἐμπρός,
ἴσως, καθώς νομίζουν οὐχ ὀλίγοι, νά ἔφθασε ὁ καιρός
νά φέρουμε Πολιτικό 'Αναμορφωτή.

Ὅμως τό πρόσκομμα κ' ἡ δυσκολία
εἶναι πού κάμνουνε μιά ἱστορία
μεγάλη κάθε πρᾶγμα οἱ 'Αναμορφωταί
αὐτοί. (Εὐτύχημα θά ἦταν ἄν ποτέ
δέν τούς χρειάζονταν κανείς). Γιά κάθε τί,
γιά τό παραμικρό ρωτοῦνε κ' ἐξετάζουν,
κ' εὐθύς στόν νοῦ τους ριζικές μεταρρυθμίσεις βάζουν,
μέ τήν ἀπαίτησι νά ἐκτελεσθοῦν ἄνευ ἀναβολῆς.

Ἔχουνε καί μιά κλίσι στές θυσίες.
Παραιτηθεῖτε ἀπό τήν κτῆσιν σας ἐκείνη·
ἡ κατοχή σας εἶν' ἐπισφαλής:
ἡ τέτοιες κτήσεις ἀκριβῶς βλάπτουν τές Ἀποικίες.
Παραιτηθεῖτε ἀπό τήν πρόσοδον αὐτή,
κι ἀπό τήν ἄλληνα τήν συναφῆ,
κι ἀπό τήν τρίτη τούτην: ὡς συνέπεια φυσική·
εἶναι μέν οὐσιώδεις, ἀλλά τί νά γίνει;
σᾶς δημιουργοῦν μιά ἐπιβλαβῆ εὐθύνη.

Κι ὅσο στόν ἔλεγχό τους προχωροῦνε,
βρίσκουν καί βρίσκουν περιττά, καί νά παυθοῦν ζητοῦνε·
πράγματα πού ὅμως δύσκολα τά καταργεῖ κανείς.

NUMA ENORME COLÔNIA GREGA, 200 A.C.

É inegável que a situação na Colônia
não é lá essas coisas.
Demos alguns passos à frente,
mas quem sabe não é chegada a hora
de requisitarmos um Reformulador Político,
como alguns cogitam.

O problema é que esse tipo de gente
faz tempestade em copo d'água
(prescindir deles seria
um sonho). Esmiúçam cada minúcia,
cada tópico, põem tudo sob lupa,
e lá vêm prescrevendo mudanças estruturais,
a execução brusca, da noite para o dia.

São ótimos no receituário de sacrifícios:
Aquela possessão, colocai-a de lado;
sua manutenção traz instabilidade;
as Colônias naufragam por sua causa.
Quanto a este recurso, abri mão,
idem com o outro referente ao primeiro;
por dedução lógica, inclua-se o terceiro!
São imprescindíveis, mas fazer o quê?
A responsabilidade é grande e o prejuízo, enorme.

Estigmatizam tudo: "É luxo!",
à medida que avançam na sindicância. Exigem sua eliminação!
Mas a impossibilidade de supressão é um fato.

Κι ὅταν, μέ τό καλό, τελειώσουνε τήν ἐργασία,
κι ὁρίσαντες καί περικόψαντες τό πᾶν λεπτομερῶς,
ἀπέλθουν, παίρνοντας καί τήν δικαία μισθοδοσία,
νά δοῦμε τί ἀπομένει πιά, μετά
τόση δεινότητα χειρουργική.—

Ἴσως δέν ἔφθασεν ἀκόμη ὁ καιρός.
Νά μή βιαζόμεθα· εἶν' ἐπικίνδυνον πρᾶγμα ἡ βία.
Τά πρόωρα μέτρα φέρνουν μεταμέλεια.
Ἔχει ἄτοπα πολλά, βεβαίως καί δυστυχῶς, ἡ Ἀποικία.
Ὅμως ὑπάρχει τι τό ἀνθρώπινον χωρίς ἀτέλεια;
Καί τέλος πάντων, νά, τραβοῦμ' ἐμπρός.

Quando, com ares de dever cumprido, encerram a peritagem,
após detalharem relatórios e gráficos,
e vão embora, embolsando remuneração adequada,
que saldo deixa a intervenção cirúrgica?

Agora talvez não seja o momento mais propício.
A pressa é inimiga da perfeição.
Sofre revés quem age de afogadilho.
A Colônia – vá lá! – tem aspectos aperfeiçoáveis. Não poucos.
Mas, subtraída a imperfeição, o que resta de humano?
Além do mais – alguém duvida? – avançamos...

ΑΓΕ, Ω ΒΑΣΙΛΕΥ ΛΑΚΕΔΑΙΜΟΝΙΩΝ [1929]

Δέν καταδέχονταν ἡ Κρατησίκλεια
ὁ κόσμος νά τήν δεῖ νά κλαίει καί νά θρηνεῖ·
καί μεγαλοπρεπής ἐβάδιζε καί σιωπηλή.
Τίποτε δέν ἀπόδειχνε ἡ ἀτάραχη μορφή της
ἀπ' τόν καϋμό καί τά τυράννια της.
Μά ὅσο καί νἆναι μιά στιγμή δέν βάσταξε·
καί πρίν στό ἄθλιο πλοῖο μπεῖ νά πάει στήν 'Αλεξάνδρεια,
πῆρε τόν υἱό της στόν ναό τοῦ Ποσειδῶνος,
καί μόνοι σάν βρεθῆκαν τόν ἀγκάλιασε
καί τόν ἀσπάζονταν, «διαλγοῦντα», λέγει
ὁ Πλούταρχος, «καί συντεταραγμένον».
Ὅμως ὁ δυνατός της χαρακτήρ ἐπάσχισε·
καί συνελθοῦσα ἡ θαυμασία γυναῖκα
εἶπε στόν Κλεομένη «Ἄγε, ὦ βασιλεῦ
Λακεδαιμονίων, ὅπως, ἐπάν ἔξω
γενώμεθα, μηδείς ἴδῃ δακρύοντας
ἡμᾶς μηδέ ἀνάξιόν τι τῆς Σπάρτης
ποιοῦντας. Τοῦτο γάρ ἐφ' ἡμῖν μόνον·
αἱ τύχαι δέ, ὅπως ἄν ὁ δαίμων διδῷ, πάρεισι.»

Καί μές στό πλοῖο μπῆκε, πηαίνοντας πρός τό «διδῷ».

VAMOS, REI LACEDEMÔNIO!

Cratesicleia vetava que a vissem
chorosa, lamentando-se.
Passava altiva e ensimesmada.
Traço algum de rancor e angústia
no semblante imperturbável.
Num só instante baqueia:
no pré-embarque no navio nefasto rumo a Alexandria,
conduziu o filho ao santuário de Poseidon
e, solitários, o estreitou,
beijou-o, "triturado pela dor",
na frase de Plutarco, "totalmente devastado".
Mas era dama de fibra,
e, reaprumando-se, notável,
volta-se para Cleômenes: "Vamos, rei
lacedemônio! Ninguém nos vislumbre, à saída,
sorumbáticos.
Seria denegrir Esparta.
Isso depende só de nós,
já o destino é o dâimon quem nos brinda".

E, a bordo do navio, buscou o "nos brinda".

ΑΣ ΦΡΟΝΤΙΖΑΝ [1930]

Κατήντησα σχεδόν ἀνέστιος καί πένης.
Αὐτή ἡ μοιραία πόλις, ἡ 'Αντιόχεια
ὅλα τά χρήματά μου τἄφαγε:
αὐτή ἡ μοιραία μέ τόν δαπανηρό της βίο.

'Αλλά εἶμαι νέος καί μέ ὑγείαν ἀρίστην.
Κάτοχος τῆς ἑλληνικῆς θαυμάσιος
(ξέρω καί παραξέρω 'Αριστοτέλη, Πλάτωνα·
τί ρήτορας, τί ποιητάς, τί ὅ,τι κι ἄν πεῖς).
'Από στρατιωτικά ἔχω μιάν ἰδέα,
κ' ἔχω φιλίες μέ ἀρχηγούς τῶν μισθοφόρων.
Εἶμαι μπασμένος κάμποσο καί στά διοικητικά.
Στήν 'Αλεξάνδρεια ἔμεινα ἕξι μῆνες, πέρσι·
κάπως γνωρίζω (κ' εἶναι τοῦτο χρήσιμον) τά ἐκεῖ:
τοῦ Κακεργέτη βλέψεις, καί παληανθρωπιές, καί τά λοιπά.

Ὅθεν φρονῶ πώς εἶμαι στά γεμάτα
ἐνδεδειγμένος γιά νά ὑπηρετήσω αὐτήν τήν χώρα,
τήν προσφιλῆ πατρίδα μου Συρία.

Σ' ὅ,τι δουλειά μέ βάλουν θά πασχίσω
νά εἶμαι στήν χώρα ὠφέλιμος. Αὐτή εἶν' ἡ πρόθεσίς μου.
Ἄν πάλι μ' ἐμποδίσουνε μέ τά συστήματά τους —
τούς ξέρουμε τούς προκομένους: νά τά λέμε τώρα;
ἄν μ' ἐμποδίσουνε, τί φταίω ἐγώ.

Θ' ἀπευθυνθῶ πρός τόν Ζαβίνα πρῶτα,
κι ἄν ὁ μωρός αὐτός δέν μ' ἐκτιμήσει,
θά πάγω στόν ἀντίπαλό του, τόν Γρυπό.
Κι ἄν ὁ ἠλίθιος κι αὐτός δέν μέ προσλάβει,
πηγαίνω παρευθύς στόν Ὑρκανό.

BEM QUE PODERIAM TER CRIADO...

Cheguei a ficar no osso; sem teto, por pouco.
Antióquia, urbe fatal,
corroeu todo meu pecúnio:
urbe fatal com seu alto poder aquisitivo.

Mas sou jovem e gozo de excelente saúde.
Poucos superam meu domínio do grego
(Aristóteles e Platão, conheço-os não só pelas bordas;
poetas e oradores integram meu repertório).
Não sou jejuno em corolários militares,
privo da amizade de mandatários mercenários.
Em assuntos administrativos, dou aqui e ali meus palpites.
No ano passado, fiquei um semestre em Alexandria;
tenho alguma ideia (ponto a meu favor) do que ocorre por lá:
as ambições de Kakérgetes, suas lambanças etc.

Feitas as apresentações, quem melhor do que eu
é talhado para servir a Síria,
meu rincão natal, a que tanto admiro?

Envidarei esforços, seja qual for meu encargo,
em prol da pátria. Sonho com isso.
Se, com sua metodologia, me barram –
conhecemos bem esses canalhas para repisar no assunto...
Se me barram, não me venham responsabilizar!

Primeiro recorro ao Zabinas;
se esse bestunto não for com a minha cara,
procuro Gripo, seu oponente.
Se o estulto me oferece as omoplatas,
busco Hircano imediatamente.

Θά μέ θελήσει πάντως ἕνας ἀπ' τούς τρεῖς.

Κ' εἶν' ή συνείδησίς μου ἥσυχη
γιά τό ἀψήφιστο τῆς ἐκλογῆς.
Βλάπτουν κ' οἱ τρεῖς τους τήν Συρία τό ἴδιο.

'Αλλά, κατεστραμένος ἄνθρωπος, τί φταίω ἐγώ.
Ζητῶ ὁ ταλαίπωρος νά μπαλωθῶ.
Ἄς φρόντιζαν οἱ κραταιοί θεοί
νά δημιουργήσουν ἕναν τέταρτο καλό.
Μετά χαρᾶς θά πήγαινα μ' αὐτόν.

Devo cair nas graças de um dos três.

Não tenho peso na consciência
pelo nível-chão da opção.
A tríade sangra por igual a Síria.

Alguém me inculpa, a mim, na bancarrota?
Azarado, quero dar um jeito no que é meu.
Os deuses bem que poderiam ter criado um quarto,
alguém de índole melhor. Não lhes falta potencial.
Feliz da vida, eu lhe faria companhia.

Título	***Konstantinos Kaváfis***
	60 Poemas
Seleção e tradução	Trajano Vieira
Editor	Plinio Martins Filho
Produção editorial	Aline Sato
Editoração eletrônica	Camyle Cosentino
Projeto gráfico e capa	Tomás Martins
Revisão	Ateliê Editorial
Formato	14 x 21 cm
Número de páginas	160
Tipologia	Sabon
Papel	Chambril Avena 80 g/m² (miolo)
	Cartão Supremo 250 g/m² (capa)
Impressão e acabamento	Bartira Gráfica